GRöls Verlage

„BÜCHER SIND WIE FALLSCHIRME. SIE NÜTZEN UNS NICHTS, WENN WIR SIE NICHT ÖFFNEN."

Gröls Verlag

Redaktionelle Hinweise und Impressum

Das vorliegende Werk wurde zugunsten der Authentizität sehr zurückhaltend bearbeitet. So wurden etwa ursprüngliche Rechtschreibfehler *nicht* systematisch behoben, denn kleine Unvollkommenheiten machen das Buch – wie im Übrigen den Menschen – erst authentisch. Mitunter wurden jedoch zum Beispiel Absätze behutsam neu getrennt, um den Lesefluss zu erleichtern.

Um die Texte zu rekonstruieren, werden antiquarische Bücher von Lesegeräten gescannt und dann durch eine Software lesbar gemacht. Der so entstandene Text wird von Menschen gegengelesen und korrigiert – hierbei treten auch Fehler auf. Wenn Sie ebenfalls antiquarische Texte einreichen möchten, finden Sie weitere Informationen auf www.groels.de

Viel Freude bei der Lektüre wünscht Ihnen das Team des Gröls-Verlags.

Adressen

Verleger: Sophia Gröls, Im Borngrund 26, 61440 Oberursel

Externer Dienstleister für Distribution & Herstellung: BoD, In de Tarpen 42, 22848 Norderstedt

Unsere „Edition | Werke der Weltliteratur“ hat den Anspruch, eine der größten und vollständigsten Sammlungen klassischer Literatur in deutscher Sprache zu sein. Nach und nach versammeln wir hier nicht nur die „üblichen Verdächtigen“ von Goethe bis Schiller, sondern auch Kleinode der vergangenen Jahrhunderte, die – zu Unrecht – drohen, in Vergessenheit zu geraten. Wir kultivieren und kuratieren damit einen der wertvollsten Bereiche der abendländischen Kultur. Kleine Auswahl:

Francis Bacon • Neues Organon • **Balzac** • Glanz und Elend der Kurtisanen • **Joachim H. Campe** • Robinson der Jüngere • **Dante Alighieri** • Die Göttliche Komödie • **Daniel Defoe** • Robinson Crusoe • **Charles Dickens** • Oliver Twist • **Denis Diderot** • Jacques der Fatalist • **Fjodor Dostojewski** • Schuld und Sühne • **Arthur Conan Doyle** • Der Hund von Baskerville • **Marie von Ebner-Eschenbach** • Das Gemeindekind • **Elisabeth von Österreich** • Das Poetische Tagebuch • **Friedrich Engels** • Die Lage der arbeitenden Klasse • **Ludwig Feuerbach** • Das Wesen des Christentums • **Johann G. Fichte** • Reden an die deutsche Nation • **Fitzgerald** • Zärtlich ist die Nacht • **Flaubert** • Madame Bovary • **Gorch Fock** • Seefahrt ist not! • **Theodor Fontane** • Effi Briest • **Robert Musil** • Über die Dummheit • **Edgar Wallace** • Der Frosch mit der Maske • **Jakob Wassermann** • Der Fall Maurizius • **Oscar Wilde** • Das Bildnis des Dorian Grey • **Émile Zola** • Germinal • **Stefan Zweig** • Schachnovelle • **Hugo von Hofmannsthal** • Der Tor und der Tod • **Anton Tschechow** • Ein Heiratsantrag • **Arthur Schnitzler** • Reigen • **Friedrich Schiller** • Kabale und Liebe • **Nicolo Machiavelli** • Der Fürst • **Gotthold E. Lessing** • Nathan der Weise • **Augustinus** • Die Bekenntnisse des heiligen Augustinus • **Marcus Aurelius** • Selbstbetrachtungen • **Charles Baudelaire** • Die Blumen des Bösen • **Harriett Stowe** • Onkel Toms Hütte • **Walter Benjamin** • Deutsche Menschen • **Hugo Bettauer** • Die Stadt ohne Juden • **Lewis Caroll** • *und viele mehr….*

Joseph Roth

Die Kapuzinergruft

Inhalt

I

Wir heißen Trotta. Unser Geschlecht stammt aus Sipolje in Slowenien. Ich sage: Geschlecht; denn wir sind nicht eine Familie. Sipolje besteht nicht mehr, lange nicht mehr. Es bildet heute mit mehreren umliegenden Gemeinden zusammen eine größere Ortschaft. Es ist, wie man weiß, der Wille dieser Zeit. Die Menschen können nicht allein bleiben. Sie schließen sich in sinnlosen Gruppen zusammen, und die Dörfer können auch nicht allein bleiben. Sinnlose Gebilde entstehen also. Die Bauern drängt es zur Stadt, und die Dörfer selbst möchten justament Städte werden.

Ich habe Sipolje noch gekannt, als ich ein Knabe war. Mein Vater hatte mich einmal dorthin mitgenommen, an einem siebzehnten August, dem Vorabend jenes Tages, an dem in allen, auch in den kleinsten Ortschaften der Monarchie der Geburtstag Kaiser Franz Josephs des Ersten gefeiert wurde.

Im heutigen Österreich und in den früheren Kronländern wird es nur noch wenige Menschen geben, in denen der Name unseres Geschlechts irgendeine Erinnerung hervorruft. In den verschollenen Annalen der alten österreichisch-ungarischen Armee aber ist unser Name verzeichnet, und ich gestehe, daß ich stolz darauf bin, gerade deshalb, weil diese Annalen verschollen sind. Ich bin nicht ein Kind dieser Zeit, es fällt mir schwer, mich nicht geradezu ihren Feind zu nennen. Nicht, daß ich sie nicht verstünde, wie ich es so oft behaupte. Dies ist nur eine fromme Ausrede. Ich will einfach, aus Bequemlichkeit, nicht ausfällig oder gehässig werden, und also sage ich, daß ich das nicht verstehe, von dem ich sagen müßte, daß ich es hasse oder verachte. Ich bin feinhörig, aber ich spiele einen Schwerhörigen. Ich halte es für nobler, ein Gebrechen vorzutäuschen als zuzugeben, daß ich vulgäre Geräusche vernommen habe.

Der Bruder meines Großvaters war jener einfache Infanterieleutnant, der dem Kaiser Franz Joseph in der Schlacht bei Solferino das Leben gerettet hat. Der Leutnant wurde geadelt. Eine lange Zeit hieß er in der Armee und in den Lesebüchern der k. u. k. Monarchie: der Held von Solferino, bis sich, seinem eigenen Wunsch gemäß, der Schatten der Vergessenheit über ihn senkte. Er nahm den Abschied. Er liegt in Hietzing begraben. Auf seinem Grabstein stehen die stillen und stolzen Worte: „Hier ruht der Held von Solferino."

Die Gnade des Kaisers erstreckte sich noch auf seinen Sohn, der Bezirkshauptmann wurde, und auf den Enkel, der als Leutnant der Jäger im Herbst 1914 in der Schlacht bei Krasne-Busk gefallen ist. Ich habe ihn niemals gesehn, wie überhaupt keinen von dem geadelten Zweig unseres Geschlechts. Die geadelten Trottas waren fromm-ergebene Diener Franz Josephs geworden. Mein Vater war ein Rebell.

Er war ein Rebell und ein Patriot, mein Vater – eine Spezies, die es nur im alten Österreich-Ungarn gegeben hat. Er wollte das Reich reformieren und Habsburg retten. Er begriff den Sinn der österreichischen Monarchie zu gut. Er wurde also verdächtig und mußte fliehen. Er ging, in jungen Jahren, nach Amerika. Er war Chemiker von Beruf. Man brauchte damals Leute seiner Art in den großartig wachsenden Farbenfabriken von New York und Chikago. Solange er arm gewesen war, hatte er wohl nur Heimweh nach Korn gefühlt. Als er aber endlich reich geworden war, begann er, Heimweh nach Österreich zu fühlen. Er kehrte zurück. Er siedelte sich in Wien an. Er hatte Geld, und die österreichische Polizei liebte Menschen, die Geld haben. Mein Vater blieb nicht nur unbehelligt. Er begann sogar, eine neue slowenische Partei zu gründen, und er kaufte zwei Zeitungen in Agram.

Er gewann einflußreiche Freunde aus der näheren Umgebung des Erzherzog Thronfolgers Franz Ferdinand. Mein Vater träumte von einem slawischen Königreich unter der Herrschaft der Habsburger. Er träumte von einer Monarchie der Österreicher, Ungarn und Slawen. Und mir, der ich sein Sohn bin, möge es an dieser Stelle gestattet sein, zu sagen, daß ich mir einbilde, mein Vater hätte vielleicht den Gang der Geschichte verändern können, wenn er länger gelebt hätte. Aber er starb, etwa anderthalb Jahre vor der Ermordung Franz Ferdinands. Ich bin sein einziger Sohn. In seinem Testament hatte er mich zum Erben seiner Ideen bestimmt. Nicht umsonst hatte er mich auf den Namen Franz Ferdinand taufen lassen. Aber ich war damals jung und töricht, um nicht zu sagen: leichtsinnig. Leichtfertig war ich auf jeden Fall. Ich lebte damals, wie man so sagt: in den Tag hinein. Nein! Dies ist falsch: Ich lebte in die Nacht hinein; ich schlief in den Tag hinein.

II

Eines Morgens aber – es war im April des Jahres 1913 – meldete man mir, dem noch Verschlafenen, erst zwei Stunden vorher Heimgekehrten, den Besuch eines Vetters, eines Herrn Trotta.

Im Schlafrock und in Pantoffeln ging ich ins Vorzimmer. Die Fenster waren weit offen. Die morgendlichen Amseln in unserem Garten flöteten fleißig. Die frühe Sonne durchflutete fröhlich das Zimmer. Unser Dienstmädchen, das ich bislang noch niemals so früh am Morgen gesehen hatte, erschien mir in ihrer blauen Schürze fremd – denn ich kannte sie nur als ein junges Wesen, bestehend aus Blond, Schwarz und Weiß, so etwas wie eine Fahne. Zum erstenmal sah ich sie in einem dunkelblauen Gewand, ähnlich jenem, das Monteure und Gasmänner trugen, mit einem purpurroten Staubwedel in der Hand – und ihr Anblick allein hätte genügt, mir eine ganz neue, ganz ungewohnte Vorstellung vom Leben zu geben. Zum erstenmal seit mehreren Jahren sah ich den Morgen in meinem Haus, und ich bemerkte, daß er schön war. Das Dienstmädchen gefiel mir. Die offenen Fenster gefielen mir. Die Sonne gefiel mir. Der Gesang der Amseln gefiel mir. Er war golden wie die morgendliche Sonne. Selbst das Mädchen in Blau war golden wie die Sonne. Vor lauter Gold sah ich zuerst gar nicht den Gast, der mich erwartete. Ich nahm ihn erst ein paar Sekunden – oder waren es Minuten? – später wahr. Da saß er nun, hager, schwarz, stumm, auf dem einzigen Stuhl, der in unserm Vorzimmer stand, und er rührte sich nicht, als ich eintrat. Und obwohl sein Haar und sein Schnurrbart so schwarz waren, seine Hautfarbe so braun war, war er doch inmitten des morgendlichen Goldes im Vorzimmer wie ein Stück Sonne, ein Stück einer fernen südlichen Sonne allerdings. Er erinnerte mich auf den ersten Blick an meinen seligen Vater.

Auch er war so hager und so schwarz gewesen, so braun und so knochig, dunkel und ein echtes Kind der Sonne, nicht wie wir, die Blonden, die wir nur Stiefkinder der Sonne sind. Ich spreche Slowenisch, mein Vater hatte mich diese Sprache gelehrt. Ich begrüßte meinen Vetter Trotta auf slowenisch. Er schien sich darüber durchaus nicht zu wundern. Es war selbstverständlich. Er erhob sich nicht, er blieb sitzen. Er reichte mir die Hand. Er lächelte. Unter seinem blauschwarzen Schnurrbart schimmerten blank die starken, großen Zähne. Er sagte mir sofort du. Ich fühlte: dies ist ein Bruder, kein Vetter! Meine Adresse hatte er vom Notar. „Dein Vater", so begann er, „hat mir 2000 Gulden vermacht, und ich bin hierhergekommen, um sie abzuholen. Ich bin zu dir gegangen, um dir zu danken. Morgen will ich wieder heimkehren. Ich habe noch eine Schwester, die will ich jetzt verheiraten. Mit 500 Gulden Mitgift kriegt sie den reichsten Bauern von Sipolje."

„Und der Rest?" fragte ich.

„Den behalt' ich", sagte er heiter. Er lächelte, und es schien mir, als strömte die Sonne noch stärker in unser Vorzimmer.

„Was willst du mit dem Geld?" fragte ich.

„Ich werde mein Geschäft vergrößern", erwiderte er. Und als gehörte es sich jetzt erst, mir den Namen zu nennen, erhob er sich von seinem Sitz, es war eine kühne Sicherheit, mit der er aufstand, und eine rührende Feierlichkeit, mit der er seinen Namen nannte. „Ich heiße Joseph Branco", sagte er.

Da erst fiel mir ein, daß ich in Schlafrock und Pantoffeln vor meinem Gast stand. Ich bat ihn zu warten und ging in mein Zimmer, um mich anzukleiden.

III

Es mochte etwa sieben Uhr morgens gewesen sein, als wir ins Café Magerl kamen. Die ersten Bäckerjungen trafen ein, schneeweiß und nach reschen Kaisersemmeln duftend, nach Mohnstrizzeln und nach Salzstangeln. Der frisch gebrannte erste Kaffee, jungfräulich und würzig, roch wie ein zweiter Morgen. Mein Vetter Joseph Branco saß neben mir, schwarz und südlich, heiter, wach und gesund, ich schämte mich meiner blassen Blondheit und meiner übernächtigen Müdigkeit. Ich war auch ein wenig verlegen. Was sollte ich ihm sagen? Er vergrößerte noch meine Verlegenheit, als er sagte: „Ich trinke keinen Kaffee am Morgen. Ich möchte eine Suppe." Freilich! In Sipolje aßen die Bauern des Morgens eine Kartoffelsuppe.

Ich bestellte also eine Kartoffelsuppe. Es dauerte ziemlich lange, und ich schämte mich inzwischen, den Kipfel in den Kaffee zu tauchen. Die Suppe kam schließlich, ein dampfender Teller. Mein Vetter Joseph Branco schien den Löffel gar nicht zu beachten. Er führte den dampfenden Teller mit seinen schwarzbehaarten braunen Händen an den Mund. Während er die Suppe schlürfte, schien er auch mich vergessen zu haben. Ganz diesem dampfenden Teller hingegeben, den er mit starken, schmalen Fingern hochgehoben hielt, bot er den Anblick eines Menschen, dessen Appetit eigentlich eine noble Regung ist und der einen Löffel nur deshalb unberührt läßt, weil es ihm edler erscheint, unmittelbar aus dem Teller zu essen. Ja, während ich ihn so die Suppe schlürfen sah, erschien es mir beinahe rätselhaft, daß die Menschen überhaupt Löffel erfunden hatten, lächerliche Geräte. Mein Vetter setzte den Teller ab, ich sah, daß er ganz glatt und leer und blank war, als hätte man ihn eben gewaschen und gesäubert.

„Heute nachmittag", sagte er, „werde ich das Geld abholen." Was für ein Geschäft er habe – fragte ich ihn –, das er zu vergrößern gedacht hätte. „Ach", sagte er, „ein ganz winziges, das aber den Winter über einen Menschen wohl ernährt."

Und ich erfuhr also, daß mein Vetter Joseph Branco Frühling, Sommer und Herbst ein Bauer war, dem Feld hingegeben, winters war er ein Maronibrater. Er hatte einen Schafspelz, einen Maulesel, einen kleinen Wagen, einen Kessel, fünf Säcke Kastanien. Damit fuhr er Anfang November jedes Jahr durch einige Kronländer der Monarchie. Gefiel es ihm aber ganz besonders in einem bestimmten Ort, so blieb er auch den ganzen Winter über, bis die Störche kamen. Dann band er die leeren Säcke um den Maulesel und begab sich zur nächsten Bahnstation. Er verlud das Tier und fuhr heim und wurde wieder ein Bauer.

Ich fragte ihn, auf welche Weise man ein so kleines Geschäft vergrößern könnte, und er bedeutete mir, daß sich da noch allerhand machen ließe. Man könnte zum Beispiel außer den Maroni noch gebratene Äpfel und gebratene Kartoffeln verkaufen. Auch sei der Maulesel inzwischen alt und schwach geworden, und man könnte einen neuen kaufen. Zweihundert Kronen hätte er schon sowieso erspart.

Er trug einen glänzenden Satinrock, eine geblümte Plüschweste mit bunten Glasknöpfen und, um den Hals geschlungen, eine edel geflochtene, goldene, schwere Uhrkette. Und ich, der ich von meinem Vater in der Liebe zu den Slawen unseres Reiches erzogen worden war und der ich infolgedessen dazu neigte, jede folkloristische Attrappe für ein Symbol zu nehmen, verliebte mich sofort in diese Kette. Ich wollte sie haben. Ich fragte meinen Vetter, wieviel sie kostete. „Ich weiß es nicht", sagte er. „Ich habe sie von meinem Vater, und der hatte sie von seinem Vater, und man kauft dergleichen nicht. Aber da du mein Vetter bist, will ich sie dir gerne verkaufen." – „Wieviel also?" fragte ich. Und ich hatte doch im stillen gedacht, eingedenk der Lehren meines Vaters, daß ein slowenischer Bauer viel zu edel sei, um sich überhaupt um Geld und Geldeswert zu kümmern. Der Vetter Joseph Branco dachte lange nach, dann sagte er: „Dreiundzwanzig Kronen." Warum er gerade auf diese Zahl gekommen sei, wagte ich nicht zu fragen. Ich gab ihm fünfundzwanzig. Er zählte genau, machte keinerlei Anstalten, mir zwei Kronen herauszugeben, zog ein großes, blaukariertes, rotes Taschentuch heraus und verbarg darin das Geld. Dann erst, nachdem er das Tuch zweimal verknotet hatte, nahm er die Kette ab, zog die Uhr aus der Westentasche und legte Uhr und Kette auf den Tisch. Es war eine altmodische schwere silberne Uhr mit einem Schlüsselchen zum Aufziehen, mein Vetter zögerte, sie von der Kette loszumachen, sah sie eine Zeitlang zärtlich, beinahe herzlich an und sagte schließlich: „Weil du doch mein Vetter bist!

Wenn du mir noch drei Kronen gibst, verkaufe ich dir auch die Uhr!" – Ich gab ihm ein ganzes Fünfkronenstück. Auch jetzt gab er mir den Rest nicht heraus. Er zog noch einmal sein Taschentuch hervor, löste langsam den Doppelknoten, packte die neue Münze zu den anderen, steckte alles in die Hosentasche und sah mir dann treuherzig in die Augen.

„Auch deine Weste gefällt mir!" sagte ich nach einigen Sekunden. „Die möchte ich dir auch abkaufen."

„Weil du mein Vetter bist", erwiderte er, „will ich dir auch die Weste verkaufen." – Und ohne einen Augenblick zu zögern, legte er den Rock ab, zog die Weste aus und gab sie mir über den Tisch. „Es ist ein guter Stoff", sagte Joseph Branco, „und die Knöpfe sind schön. Und weil du es bist, kostet sie nur zwei Kronen fünfzig." – Ich zahlte ihm drei Kronen, und ich bemerkte deutlich in seinen Augen die Enttäuschung darüber, daß es nicht noch einmal fünf Kronen gewesen waren. Er schien verstimmt, er lächelte nicht mehr, aber verbarg dieses Geld schließlich ebenso sorgfältig und umständlich wie die früheren Münzen. Ich besaß nun, meiner Meinung nach, das Wichtigste, das zu einem echten Slowenen gehört: eine alte Kette, eine bunte Weste, eine steinschwere, stehende Uhr mit Schlüsselchen. Ich wartete keinen Augenblick mehr. Ich zog mir alle drei Dinge auf der Stelle an, zahlte und ließ einen Fiaker holen. Ich begleitete meinen Vetter in sein Hotel, er wohnte im „Grünen Jägerhorn". Ich bat ihn, am Abend auf mich zu warten, ich wollte ihn abholen. Ich hatte vor, ihn meinen Freunden vorzustellen.

IV

Der Form halber, als Ausrede und um meine Mutter zu beruhigen, hatte ich Jus inskribiert. Ich studierte freilich nicht. Vor mir breitete sich das große Leben aus, eine bunte Wiese, kaum begrenzt von einem sehr, sehr fernen Horizontrand. Ich lebte in der fröhlichen, ja ausgelassenen Gesellschaft junger Aristokraten, jener Schicht, die mir neben den Künstlern im alten Reich die liebste war. Ich teilte mit ihnen den skeptischen Leichtsinn, den melancholischen Fürwitz, die sündhafte Fahrlässigkeit, die hochmütige Verlorenheit, alle Anzeichen des Untergangs, den wir damals noch nicht kommen sahen. Über den Gläsern, aus denen wir übermütig tranken, kreuzte der unsichtbare Tod schon seine knochigen Hände. Wir schimpften fröhlich, wir lästerten sogar bedenkenlos. Einsam und alt, fern und gleichsam erstarrt, dennoch uns allen nahe und allgegenwärtig im großen, bunten Reich lebte und regierte der alte Kaiser Franz Joseph. Vielleicht schliefen in den verborgenen Tiefen unserer Seelen jene Gewißheiten, die man Ahnungen nennt, die Gewißheit vor allem, daß der alte Kaiser starb, mit jedem Tage, den er länger lebte, und mit ihm die Monarchie, nicht so sehr unser Vaterland wie unser Reich, etwas Größeres, Weiteres, Erhabeneres als nur ein Vaterland. Aus unsern schweren Herzen kamen die leichten Witze, aus unserem Gefühl, daß wir Todgeweihte seien, eine törichte Lust an jeder Bestätigung des Lebens: an Bällen, am Heurigen, an Mädchen, am Essen, an Spazierfahrten, Tollheiten aller Art, sinnlosen Eskapaden, an selbstmörderischer Ironie, an ungezähmter Kritik, am Prater, am Riesenrad, am Kasperltheater, an Maskeraden, am Ballett, an leichtsinnigen Liebesspielen in den verschwiegenen Logen der Hofoper, an Manövern, die man versäumte, und sogar noch an jenen Krankheiten, die uns manchmal die Liebe bescherte.

Man wird begreifen, daß mir die unerwartete Ankunft meines Vetters willkommen war. Keiner meiner leichtfertigen Freunde hatte solch einen Vetter, solch eine Weste, solch eine Uhrkette, eine solch nahe Beziehung zu der originellen Erde des sagenhaften slowenischen Sipolje, der Heimat des damals noch nicht vergessenen, aber immerhin bereits legendären Helden von Solferino.

Am Abend holte ich meinen Vetter ab. Sein glänzender Satinrock machte auf alle meine Freunde einen mächtigen Eindruck. Er stammelte ein unverständliches Deutsch, lachte viel mit seinen blanken, starken Zähnen, ließ sich alles bezahlen, versprach, neue Westen und Ketten in Slowenien für meine Freunde zu kaufen, und nahm gerne Anzahlungen entgegen. Denn alle beneideten mich um Weste, Kette, Uhr. Alle hätten sie mir am liebsten den ganzen Vetter abgekauft, meine Verwandtschaft und mein Sipolje.

Mein Vetter versprach, im Herbst wiederzukommen. Wir begleiteten ihn alle zur Bahn. Ich besorgte ihm ein Billett zweiter Klasse. Er nahm es, ging zur Kasse, und es gelang ihm, es gegen ein Billett dritter umzutauschen.

Von dort aus winkte er uns noch zu. Und uns allen brach das Herz, als der Zug aus der Station rollte; denn wir liebten die Wehmut ebenso leichtfertig wie das Vergnügen.

V

Ein paar Tage noch sprachen wir in unserer heiteren Gesellschaft von meinem Vetter Joseph Branco. Dann vergaßen wir ihn wieder – das heißt: wir legten ihn gleichsam vorläufig ab. Denn die aktuellen Torheiten unseres Lebens wollten besprochen und gewürdigt werden.

Erst im Spätsommer, gegen den zwanzigsten August, erhielt ich von Joseph Branco in slowenischer Sprache einen Brief, den ich meinen Freunden noch am gleichen Abend übersetzte. Er beschrieb die Kaiser-Geburtstagsfeier in Sipolje, die Feier des Veteranenvereins. Er selbst war noch ein zu junger Reservist, um den Veteranen anzugehören. Dennoch marschierte er mit ihnen aus, in die Waldwiese, wo sie an jedem achtzehnten August ein Volksfest veranstalteten, einfach, weil keiner von den alten Leuten noch so kräftig war, die große Kesselpauke zu tragen. Es gab fünf Hornisten und drei Klarinettbläser. Aber was ist eine Marschkapelle ohne Kesselpauke?

„Merkwürdig“, sagte der junge Festetics, „diese Slowenen! Die Ungarn nehmen ihnen die primitivsten nationalen Rechte, sie wehren sich, sie rebellieren sogar gelegentlich oder haben zumindest den Anschein zu rebellieren, aber sie feiern den Geburtstag des Königs.“

„In dieser Monarchie“, erwiderte Graf Chojnicki, er war der älteste unter uns, „ist nichts merkwürdig. Ohne unsere Regierungstrottel“ (er liebte starke Ausdrücke) „wäre ganz gewiß auch dem äußerlichen Anschein nach gar nichts merkwürdig. Ich will damit sagen, daß das sogenannte Merkwürdige für Österreich-Ungarn das Selbstverständliche ist. Ich will zugleich damit auch sagen, daß nur diesem verrückten Europa der Nationalstaaten und der Nationalismen das Selbstverständliche sonderbar erscheint. Freilich sind es die Slowenen, die polnischen und ruthenischen Galizianer, die Kaftanjuden aus Boryslaw, die Pferdehändler aus der Bacska, die Moslems aus Sarajevo, die Maronibrater aus Mostar, die „Gott erhalte“ singen. Aber die deutschen Studenten aus Brunn und Eger, die Zahnärzte, Apotheker, Friseurgehilfen, Kunstphotographen aus Linz, Graz, Knittelfeld, die Kröpfe aus den Alpentälern, sie alle singen „Die Wacht am Rhein“. Österreich wird an dieser Nibelungentreue zugrunde gehn, meine Herren! Das Wesen Österreichs ist nicht Zentrum, sondern Peripherie. Österreich ist nicht in den Alpen zu finden, Gemsen gibt es dort und Edelweiß und Enzian, aber kaum eine Ahnung von einem Doppeladler. Die österreichische Substanz wird genährt und immer wieder aufgefüllt von den Kronländern.“ Baron Kovacs, junger Militäradel ungarischer Nationalität, klemmte das Monokel ein, wie es immer seine Gewohnheit war, wenn er etwas besonders Wichtiges sagen zu müssen glaubte. Er sprach das harte und singende Deutsch der Ungarn, nicht so sehr aus Notwendigkeit wie aus Koketterie und Protest. Dabei rötete sich sein eingefallenes Gesicht, das an unreifes, zu wenig gegorenes Brot erinnerte, heftig und unnatürlich. „Die Ungarn leiden am meisten von allen in dieser Doppelmonarchie“, sagte er. Es war sein Glaubensbekenntnis, unverrückbar standen die Worte in diesem Satz. Er langweilte uns alle, Chojnicki, den Temperamentvollsten, wenngleich ältesten unter uns, erzürnte es sogar. Die ständige Antwort Chojnickis konnte nicht ausbleiben. Wie gewohnt, wiederholte er: „Die Ungarn, lieber Kovacs, unterdrücken nicht weniger als folgende Völker: Slowaken, Rumänen, Kroaten, Serben, Ruthenen, Bosniaken, Schwaben aus der Bacska und Siebenbürger Sachsen.“ Er zählte die Völker an gespreizten Fingern seiner schönen, schlanken, kräftigen Hände auf.

Kovacs legte das Monokel auf den Tisch. Chojnickis Worte schienen ihn gar nicht zu erreichen. Ich weiß, was ich weiß – dachte er wie immer. Manchmal sagte er es auch.

Er war im übrigen ein harmloser, sogar zeitweilig guter junger Mann, ich konnte ihn nicht leiden. Dennoch bemühte ich mich redlich um ein freundliches Gefühl für ihn. Ich litt geradezu darunter, daß ich ihn nicht leiden mochte, und dies hatte seinen guten Grund: Ich war nämlich in Kovacs' Schwester verliebt; Elisabeth hieß sie; neunzehn Jahre war sie alt.

Ich kämpfte lange Zeit vergebens gegen diese Liebe, nicht so sehr deshalb, weil ich mich gefährdet glaubte, sondern weil ich den stillen Spott meiner skeptischen Freunde fürchtete. Es war damals, kurz vor dem großen Kriege, ein höhnischer Hochmut in Schwung, ein eitles Bekenntnis zur sogenannten „Dekadenz“, zu einer halb gespielten und outrierten Müdigkeit und einer Gelangweiltheit ohne Grund. In dieser Atmosphäre verlebte ich meine besten Jahre. In dieser Atmosphäre hatten Gefühle kaum einen Platz, Leidenschaften gar waren verpönt. Meine Freunde hatten kleine, ja unbedeutende „Liaisons“, Frauen, die man ablegte, manchmal sogar herlieh wie Überzieher; Frauen, die man vergaß wie Regenschirme oder absichtlich liegenließ wie lästige Pakete, nach denen man sich nicht umsieht, aus Angst, sie könnten einem nachgetragen werden. In dem Kreis, in dem ich verkehrte, galt die Liebe als eine Verirrung, ein Verlöbnis war so etwas wie eine Apoplexie und eine Ehe ein Siechtum. Wir waren jung. An eine Heirat dachte man zwar als eine unausbleibliche Folge des Lebens, aber ähnlich, wie man an eine Sklerose denkt, die wahrscheinlich in zwanzig oder dreißig Jahren notwendig eintreten muß. Ich hätte viele Gelegenheiten finden können, um mit dem Mädchen allein zu sein, obwohl es in jener Zeit noch nicht zu den Selbstverständlichkeiten gehörte, daß junge Damen allein in Gesellschaft junger Herren ohne einen schicklichen, geradezu legitimen Vorwand länger als eine Stunde bleiben konnten. Nur einige wenige solcher Gelegenheiten nahm ich wahr. Alle auszunützen, schämte ich mich, wie gesagt, vor meinen Freunden. Ja, ich gab peinlich darauf acht, daß von meinem Gefühl nichts bemerkt wurde, und oft fürchtete ich, der und jener aus meinem Kreise wüßte bereits etwas davon, hier oder dort hätte ich mich vielleicht schon verraten. Wenn ich manchmal unerwartet zu meinen Freunden stieß, glaubte ich aus ihrem plötzlichen Schweigen schließen zu müssen, daß sie soeben, vor meiner Ankunft, von meiner Liebe zu Elisabeth Kovacs gesprochen hatten, und ich war verdüstert, als hätte man eine verfemte, geheime Schwäche bei mir entdeckt. In den wenigen Stunden aber, in denen ich mit Elisabeth allein war, glaubte ich zu spüren, wie sinnlos und sogar frevlerisch der Spott meiner Freunde war, ihre Skepsis und ihre hochmütige „Dekadenz". Zugleich aber auch hatte ich eine Art Gewissensbisse, als hätte ich mir einen Verrat an den heiligen Prinzipien meiner Freunde vorzuwerfen. Ich führte also in einem gewissen Sinn ein Doppelleben, und es war mir gar nicht wohl dabei.

Elisabeth war damals schön, weich und zärtlich und mir ohne Zweifel zugeneigt. Die kleinste, die geringste ihrer Handlungen und Gesten rührte mich tief, denn ich fand, daß jede Bewegung ihrer Hand, jedes Kopfnicken, jedes Wippen ihres Fußes, ein Glätten des Rocks, ein leises Hochheben des Schleiers, das Nippen an der Kaffeetasse, eine unerwartete Blume am Kleid, ein Abstreifen des Handschuhs eine deutliche, unmittelbare Beziehung zu mir verrieten – und nur zu mir. Ja, aus manchen Anzeichen, die zu jener Zeit wohl schon zur Gattung der sogenannten „kühnen Avancen" gezählt werden mochten, glaubte ich mit einigem Recht entnehmen zu müssen, daß die Zärtlichkeit, mit der sie mich anblickte, die scheinbar unwillkürliche und höchst zufällige Berührung meines Handrückens oder meiner Schulter bindende Versprechungen waren, Versprechungen großer, köstlicher Zärtlichkeiten, die mir noch bevorstünden, wenn ich nur mochte, Vorabende von Festen, an deren kalendarischer Sicherheit gar nicht mehr zu zweifeln war. Sie hatte eine tiefe und weiche Stimme. (Ich kann die hellen und hohen Frauenstimmen nicht leiden.) Ihr Sprechen erinnerte mich an eine Art gedämpftes, gezähmtes, keusches und dennoch schwüles Gurren, an ein Murmeln unterirdischer Quellen, an das ferne Rollen ferner Züge, die man manchmal in schlaflosen Nächten vernimmt, und jedes ihrer banalsten Worte bekam für mich dank dieser Tiefe des Klangs, in der es ausgesprochen ward, die bedeutungsvolle, gesättigte Kraft einer weiten, und zwar nicht genau verständlichen, wohl aber deutlich erahnbaren verschollenen, vielleicht einmal in Träumen vage erlauschten Ursprache.

War ich nicht bei ihr, kehrte ich in die Gesellschaft meiner Freunde zurück, so war ich wohl versucht, ihnen im ersten Augenblick von Elisabeth zu erzählen; ja sogar von ihr zu schwärmen. Aber im Anblick ihrer müden, schlaffen und höhnischen Gesichter, ihrer sichtbaren und sogar aufdringlichen Spottsucht, deren Opfer zu werden ich nicht nur fürchtete, sondern deren allgemein anerkannter Teilhaber ich zu sein wünschte, verfiel ich sofort in eine stupide, wortlose Schamhaftigkeit, um kaum ein paar Minuten später jener hochmütigen „Dekadenz" zu verfallen, deren verlorene und stolze Söhne wir alle waren.

In solch einem törichten Zwiespalt befand ich mich, und ich wußte wahrhaftig nicht, zu wem mich flüchten. Ich dachte zeitweilig daran, meine Mutter zu meiner Vertrauten zu machen. Aber ich hielt sie damals, als ich noch jung war und weil ich so jung war, für unfähig, meine Sorgen zu verstehen. Die Beziehung, die ich zu meiner Mutter unterhielt, war nämlich ebenfalls keine echte und ursprüngliche, sondern der kümmerliche Versuch, das Verhältnis nachzuahmen, das die jungen Männer zu ihren Müttern hatten. In ihren Augen waren es nämlich gar keine wirklichen Mütter, sondern eine Art von Brutstätten, denen sie ihre Gereiftheit und ihr Leben zu verdanken hatten, oder, im besten Fall, so etwas wie heimatliche Landschaften, in denen man zufallsmäßig zur Welt gekommen ist und denen man nichts anderes mehr widmete als ein Gedenken und eine Rührung. Ich aber empfand zeit meines Lebens eine fast heilige Scheu vor meiner Mutter; ich unterdrückte dieses Gefühl nur. Ich aß nur mittags zu Hause. Wir saßen einander still gegenüber, an dem großen Tisch im geräumigen Speisezimmer, der Platz meines verstorbenen Vaters blieb leer, am Kopfende des Tisches, und jeden Tag wurde, den Anweisungen meiner Mutter zufolge, ein leerer Teller und ein Besteck für den für alle Zeiten Abwesenden aufgetragen. Man kann sagen, meine Mutter sei zur Rechten des Verstorbenen gesessen, ich zu seiner Linken. Sie trank einen goldenen Muskatwein, ich eine halbe Flasche Vöslauer. Er schmeckte mir nicht. Ich hätte Burgunder vorgezogen. Aber meine Mutter hatte es so bestimmt. Unser alter Diener Jacques bediente, mit seinen zitternden Greisenhänden, in schneeweißen Handschuhen. Sein dichtes Haar war fast von dem gleichen Weiß. Meine Mutter aß wenig, schnell, aber würdig. Sooft ich den Blick zu ihr erhob, senkte sie den ihrigen auf den Teller – und einen Augenblick vorher hatte ich ihn doch auf mir ruhen gefühlt. Ach, ich spürte damals wohl, daß sie viele Fragen an mich zu richten hatte und daß sie diese Fragen nur unterdrückte, um sich die Beschämung zu ersparen, von ihrem Kind, ihrem einzigen, angelogen zu werden. Sie faltete sorgsam die Serviette zusammen. Das waren die einzigen Augenblicke, während deren ich ungehindert ihr breites, etwas schwammig gewordenes Gesicht genau anschauen konnte und ihre schlaffen Hängebacken und ihre runzeligen, schweren Lider. Ich sah auf ihren Schoß, auf dem sie die Serviette zusammenfaltete, und ich dachte daran, andächtig, aber auch zugleich vorwurfsvoll, daß dort der Ursprung meines Lebens war, der warme Schoß, das Mütterlichste meiner Mutter, und ich verwunderte mich darüber, daß ich so stumm ihr gegenüberzusitzen vermochte, so hartnäckig, ja, so hartgesotten, und daß auch sie, meine Mutter, kein Wort für mich fand und daß sie sich offenbar vor ihrem erwachsenen, allzu schnell erwachsenen Sohn ebenso schämte wie ich mich vor ihr, der alt gewordenen, zu schnell alt gewordenen, die mir das Leben geschenkt hatte. Wie gern hätte ich zu ihr von meiner Zwiespältigkeit gesprochen, von meinem Doppelleben, von Elisabeth, von meinen Freunden! Aber sie wollte offenbar nichts hören von all dem, was sie ahnte, um nicht laut mißbilligen zu müssen, was sie im stillen geringschätzte. Vielleicht, wahrscheinlich, hatte sie sich auch mit dem ewigen, grausamen Gesetz der Natur abgefunden, das die Söhne zwingt, ihren Ursprung bald zu vergessen; ihre Mütter als ältere Damen anzusehen; der Brüste nicht mehr zu gedenken, an denen sie ihre erste Nahrung empfangen haben; stetes Gesetz, das auch die Mütter zwingt, die Früchte ihres Leibes groß und größer, fremd und fremder werden zu sehen; mit Schmerz zuerst, mit

Bitterkeit sodann und schließlich mit Entsagung. Ich fühlte, daß meine Mutter mit mir deshalb so wenig sprach, weil sie mich nicht Dinge sagen lassen wollte, wegen deren sie mir hätte grollen müssen. Aber hätte ich die Freiheit besessen, mit ihr über Elisabeth zu sprechen und von meiner Liebe zu diesem Mädchen, so hätte ich wahrscheinlich sie, meine Mutter, und mich selbst sozusagen entehrt. Manchmal wollte ich in der Tat von meiner Liebe zu sprechen anfangen. Aber ich dachte an meine Freunde. Auch an ihre Beziehungen zu ihren Müttern. Ich hatte das kindische Gefühl, ich könnte mich durch ein Geständnis verraten. Als wäre es überhaupt ein Verrat an sich selbst, vor seiner Mutter etwas zu verschweigen, und überdies ein Verrat an dieser Mutter. Wenn meine Freunde von ihren Müttern sprachen, schämte ich mich dreifach: nämlich meiner Freunde, meiner Mutter und meiner selbst wegen. Sie sprachen von ihren Müttern beinahe wie von jenen „Liaisons", die sie sitzen- oder liegengelassen hatten, als wären es allzu früh gealterte Mätressen, und noch schlimmer, als wären die Mütter wenig würdig ihrer Söhne.

Meine Freunde also waren es, die mich hinderten, der Stimme der Natur und der Vernunft zu gehorchen und meinem Gefühl für die geliebte Elisabeth ebenso freien Ausdruck zu verleihen wie meiner kindlichen Liebe zu meiner Mutter.

Aber es sollte sich ja auch darauf zeigen, daß diese Sünden, die meine Freunde und ich auf unsere Häupter luden, gar nicht unsere persönlichen waren, sondern nur die schwachen Vorzeichen der kommenden Vernichtung, von der ich bald erzählen werde.

VI

Vor dieser großen Vernichtung war mir noch die Begegnung mit dem Juden Manes Reisiger beschieden, von dem noch später die Rede sein wird.

Er stammte aus Zlotogrod in Galizien. Eine kurze Zeit später lernte ich dieses Zlotogrod kennen, und ich kann es also hier beschreiben. Es erscheint mir deshalb wichtig, weil es nicht mehr existiert, ebensowenig wie Sipolje. Es wurde nämlich im Kriege vernichtet. Es war einst ein Städtchen, ein kleines Städtchen, aber immerhin ein Städtchen. Heute ist es eine weite, große Wiese. Klee wächst im Sommer dort, die Grillen zirpen im hohen Gras, die Regenwürmer gedeihen dort fett geringelt und groß, und die Lerchen stoßen jäh herunter, um sie zu fressen.

Der Jude Manes Reisiger kam eines Tages im Oktober zu einer ebenso frühen Morgenstunde zu mir, wie ein paar Monate vorher sein Freund, mein Vetter Branco, zu mir gekommen war. Und er kam auf die Empfehlung meines Vetters Joseph Branco. „Junger Herr", sagte Jacques, „ein Jude möchte den jungen Herrn sprechen." Ich kannte damals ein paar Juden, freilich Wiener Juden. Ich haßte sie keineswegs, und zwar gerade deshalb, weil um jene Zeit der positive Antisemitismus der Noblesse und der Kreise, in denen ich verkehrte, eine Mode der Hausmeister geworden war, der Kleinbürger, der Schornsteinfeger, der Tapezierer. Dieser Wandel war durchaus jenem der Mode analog, der da bewirkte, daß die Tochter eines Rathausdieners genau die gleiche Pleureuse auf den Sonntagshut steckte, die eine Trautmannsdorff oder eine Szechenyi drei Jahre vorher am Mittwoch getragen hatte. Und ebensowenig wie heute eine Szechenyi die Pleureuse anstecken konnte, die den Hut der Magistratsdienertochter zierte, ebensowenig konnte die gute Gesellschaft, zu der ich mich zählte, einen Juden geringschätzen – einfach deshalb, weil es bereits mein Hausmeister tat.

Ich ging ins Vorzimmer, und ich war darauf vorbereitet, einen jener Juden zu sehen, die ich kannte und deren Beruf ihren körperlichen Aspekt imprägniert, ja sogar gebildet zu haben schien. Ich kannte Geldwechsler, Hausierer, Kleiderhändler und Klavierspieler in Bordellen. Als ich nun ins Vorzimmer trat, erblickte ich einen Mann, der nicht nur keineswegs meinen gewohnten Vorstellungen von einem Juden entsprach, sondern sie sogar vollkommen zu zerstören hätte imstande sein können. Er war etwas unheimlich Schwarzes und unheimlich Kolossales. Man hätte nicht sagen können, daß sein Vollbart, sein glatter blauschwarzer Vollbart, das braune, harte, knochige Angesicht umrahmte. Nein, das Angesicht wuchs geradezu aus dem Bart hervor, als wäre der Bart gleichsam früher dagewesen, vor dem Antlitz noch, und als hätte er jahrelang darauf gewartet, es zu umrahmen und es zu umwuchern. Der Mann war stark und groß. In der Hand hielt er eine schwarze Ripsmütze mit Schirmrand, und auf dem Kopf trug er ein rundes, samtenes Käppchen, nach der Art, wie es manchmal geistliche Herren tragen. Er stand so, hart an der Tür, gewaltig, finster, wie eine gewichtige Macht, die roten Hände zu Fäusten geballt, sie hingen wie zwei Hämmer aus den schwarzen Ärmeln seines Kaftans. Er zog aus dem inneren Lederrand seiner Ripsmütze den schmal gefalteten slowenischen Brief meines Vetters Joseph Branco hervor. Ich bat ihn sich zu setzen, aber er lehnte schüchtern ab, mit den Händen, und diese Ablehnung erschien mir um so schüchterner, als sie mit diesen Händen vorgebracht worden war, von denen jede imstande gewesen wäre, mich, das Fenster, den kleinen Marmortisch, den Kleiderständer und überhaupt alles, was im Vorzimmer vorhanden war, zu zertrümmern. Ich las den Brief. Aus dem erfuhr ich, daß der Mann, der da vor mir stand, Manes Reisiger aus Zlotogrod war, ein Kutscher seines Zeichens, Freund meines Vetters Joseph Branco, der auf seiner alljährlichen Rundreise durch die Kronländer der Monarchie, in denen er die Maroni verkaufte, bei ihm, dem Überbringer des Briefes, Kost und freien Aufenthalt genoß, und daß ich verpflichtet sei, im Namen unserer Verwandtschaft und unserer Freundschaft, dem Manes Reisiger behilflich zu sein – in allem, was er von mir wünschte.

Und was wünschte er, der Manes Reisiger aus Zlotogrod?

Nichts anderes als einen Freiplatz im Konservatorium für seinen hochbegabten Sohn Ephraim. Der sollte kein Kutscher werden und auch nicht im fernen Osten der Monarchie verkommen. Der Ansicht des Vaters nach war Ephraim ein genialer Musiker.

Ich versprach alles. Ich machte mich auf den Weg zu meinem Freund, dem Grafen Chojnicki, der unter all meinen Freunden erstens der einzige Galizianer war und zweitens allein imstande, die uralte, die traditionelle, die wirksame Widerstandskraft der alten österreichischen Beamten zu brechen: durch Drohung, Gewaltanwendung, Tücke und Hinterlist, die Waffen einer alten, längst versunkenen Kulturwelt: eben unserer Welt.

Am Abend traf ich den Grafen Chojnicki in unserem Café Wimmerl. Ich wußte wohl, daß man ihm kaum einen größeren Gefallen bereiten konnte, als wenn man ihn bat, für einen seiner Landsleute Vergünstigungen zu verschaffen. Er hatte nicht nur keinen Beruf, er hatte auch keine Beschäftigung. Er, der in der Armee, in der Verwaltung, in der Diplomatie eine sogenannte „brillante Karriere" hätte einschlagen können und der sie geradezu ausgeschlagen hatte, aus Verachtung gegen die Trottel, die Tölpel, die Pallawatsche, alle jene, die den Staat verwalteten und die er „Knödelhirne" zu nennen liebte, machte sich ein delikates Vergnügen daraus, Hofräte seine Macht fühlen zu lassen, die wirkliche Macht eben, die gerade eine nicht-offizielle Würde verlieh. Und er, der so freundlich, so nachsichtig, ja entgegenkommend Kellnern, Kutschern, Dienstmännern und Briefträgern gegenüber war, der niemals versäumte, den Hut abzunehmen, wenn er einen Wachmann oder einen Portier um irgendeine gleichgültige Auskunft bat, bekam ein kaum wiedererkennbares Gesicht, wenn er eine seiner Protektionsdemarchen am Ballhausplatz, in der Statthalterei, im Kultus- und Unterrichtsministerium unternahm: Ein eisiger Hochmut lag, ein durchsichtiges Visier, über seinen Zügen. War er noch unten vor dem livrierten Portier am Portal einigermaßen herablassend, manchmal sogar gütig, so steigerte sich sein Widerstand gegen die Beamten sichtbarlich bei jeder Stufe, die er emporstieg, und war er einmal im letzten Stock angekommen, machte er den Eindruck eines Mannes, der hierhergekommen war, um ein fürchterliches Strafgericht zu halten. Man kannte ihn schon in einigen Ämtern. Und wenn er im Korridor dem Amtsdiener mit einer gefährlich leisen Stimme sagte: „Melden Sie mich beim Hofrat!", so fragte man nur selten nach seinem Namen, und geschah es dennoch, wiederholte er, womöglich noch leiser: „Melden Sie mich sofort bitte!" Das Wort „bitte!" klang allerdings schon lauter.

Er liebte überdies die Musik, und auch deswegen erschien es mir angebracht, seine Unterstützung für den jungen Reisiger in Anspruch zu nehmen. Er versprach sofort, am nächsten Tag schon alles zu versuchen. So prompt war seine Hilfsbereitschaft, daß ich bereits anfing, mein Gewissen belastet zu fühlen, und ihn also fragte, ob er nicht vielleicht lieber erst eine Probe für das Talent des jungen Reisiger haben wollte, bevor er sich für ihn einsetzte. Er aber geriet darüber in Aufregung. „Sie kennen vielleicht Ihre Slowenen", sagte er, „aber ich kenne meine galizischen Juden. Der Vater heißt Manes und ist ein Fiaker, wie Sie mir eben erzählen. Der Sohn heißt Ephraim, und all dies genügt mir vollkommen. Ich bin von dem Talent des Jungen ganz überzeugt. Ich weiß so was, dank meinem sechsten Sinn. Meine galizischen Juden können alles. Vor zehn Jahren noch habe ich sie nicht gemocht. Jetzt sind sie mir lieb, weil diese Knödelhirne angefangen haben, Antisemiten zu sein. Ich muß mich nur erkundigen, welche Herren eigentlich an den zuständigen Stellen sitzen, und besonders, welche unter ihnen Antisemiten sind. Denn ich will sie mit dem kleinen Ephraim ärgern, und ich werde auch mit dem Alten zusammen hingehen. Hoffentlich sieht er recht jüdisch aus."

„Er trägt einen halblangen Kaftan", sagte ich. „Gut, gut", rief Graf Chojnicki, „das ist mein Mann. Wissen Sie, ich bin kein Patriot, aber meine Landsleute liebe ich. Ein ganzes Land, ein Vaterland gar, ist etwas Abstraktes. Aber ein Landsmann ist etwas Konkretes. Ich kann nicht alle Weizen- und Kornfelder, alle Tannenwälder, alle Sümpfe lieben, alle polnischen Herren und Damen. Aber ein bestimmtes Feld, ein Wäldchen, einen Sumpf, einen Menschen: à la bonheur! Das sehe ich, das greife ich, das spricht in der Sprache, die mir vertraut ist, das ist just, weil es einzeln ist, der Inbegriff des Vertrauten. Und im übrigen gibt es auch Menschen, die ich Landsleute nenne, auch wenn sie in China, Persien, Afrika geboren sind. Manche sind mir auf den ersten Blick vertraut. Was ein richtiger „Landsmann" ist, das fällt einem als Zeichen der Gnade vom Himmel in den Schoß. Ist er außerdem noch auf meiner Erde geboren: à la bonheur. Aber das zweite ist ein Zufall, und das erste ist ein Schicksal."

Er hob das Glas und rief: „Es leben die Landsleute, meine Landsleute aus allen Weltgegenden!"

Zwei Tage später schon brachte ich ihm den Fiaker Manes Reisiger ins Hotel Kremser. Manes saß knapp auf dem Sesselrand, unbeweglich, ein kolossales schwarzes Wesen. Er sah aus, als hätte er sich nicht selbst, als hätte ihn irgendein anderer hingesetzt, zufällig, an den Rand, und als wäre er selbst außerstande, den ganzen Platz einzunehmen. Außer den zwei Sätzen, die er von Zeit zu Zeit und ohne Zusammenhang wiederholte – nämlich: „Ich bitte sehr, die Herren!" und: „Ich danke sehr, die Herren!" – , sagte er nichts, und er schien auch ziemlich wenig zu verstehen. Es war Chojnicki, der dem Fiaker Manes aus Zlotogrod erzählte, wie es in Zlotogrod aussehe; denn Chojnicki kannte alle Gegenden in Galizien.

„Also morgen elf Uhr gehn wir, die Geschichte ordnen", sagte er.

„Ich danke sehr, die Herren!" sagte Manes. Er schwenkte mit der einen Hand die Ripsmütze und lüftete mit der anderen das Käppchen. Er verneigte sich noch einmal an der Tür, die ihm der Portier offenhielt und dem er dankbar und beglückt zulächelte.

In der Tat war ein paar Wochen später der junge Ephraim Reisiger im Konservatorium untergebracht. Der Junge kam zu Chojnicki, um sich zu bedanken. Auch ich war damals in Chojnickis Hotel. Der junge Ephraim Reisiger sah beinahe finster drein, und während er sich bedankte, machte er den Eindruck eines Jünglings, der einen Vorwurf vorzubringen hat. Er sprach polnisch, ich verstand, dank meinem Slowenisch, nur jedes dritte Wort. Aber ich begriff, nach den Mienen und den Blicken des Grafen Chojnicki, daß ihm die vorwurfsvolle und eigentlich arrogante Haltung des Jungen gefiel.

„Das ist was!" sagte er, nachdem der Junge gegangen war. „Bei uns zu Lande sagen die Leute einem nicht: Danke schön! – sondern eher das Gegenteil. Es sind stolze Menschen, die galizischen Juden, meine galizischen Juden! Sie leben in der Vorstellung, daß ihnen alle Vorzugsstellungen einfach gebühren. Mit dem großartigen Gleichmut, mit dem sie auf Steinwürfe und Beschimpfungen reagieren, nehmen sie die Vergünstigungen und Bevorzugungen entgegen. Alle anderen empören sich, wenn man sie beschimpft, und ducken sich, wenn man ihnen Gutes tut. Meine polnischen Juden allein berührt weder ein Schimpf noch eine Gunst. In ihrer Art sind sie Aristokraten. Denn das Kennzeichen des Aristokraten ist vor allem anderen der Gleichmut; und nirgends habe ich einen größeren Gleichmut gesehen als bei meinen polnischen Juden!“

Er sagte meine polnischen Juden in dem gleichen Ton, in dem er mir gegenüber so oft gesagt hatte: meine Güter, meine van Goghs, meine Instrumentensammlung. Ich hatte die deutliche Empfindung, daß er die Juden zum Teil deshalb so schätzte, weil er sie als sein Eigentum betrachtete. Es war, als wären sie nicht nach Gottes Willen in Galizien zur Welt gekommen, sondern als hätte er sie sich beim Allmächtigen persönlich bestellt, wie er sich persische Teppiche bei dem bekannten Händler Pollitzer zu bestellen pflegte, Papageien bei dem italienischen Vogelhändler Scapini und alte, seltene Instrumente bei dem Geigenmacher Grossauer. Und mit der gleichen Sorgfalt, mit der gleichen umsichtigen Noblesse, mit der er Teppiche, Vögel, Instrumente behandelte, kam er auch seinen Juden entgegen; dermaßen, daß er es für seine selbstverständliche Pflicht hielt, dem Vater des ziemlich arroganten Jungen, dem braven Fiaker Manes, einen Brief zu schreiben, einen Glückwunsch zur Aufnahme des Ephraim im Konservatorium. Denn Chojnicki hatte Angst, der Fiaker Manes könnte ihm mit einem Dankbrief zuvorkommen.

Der Fiaker Manes Reisiger aber, weit davon entfernt, Dankesbriefe zu schreiben, und vollkommen unfähig, die Gunst des Schicksals zu ermessen, die ihn und seinen Sohn in des Grafen Chojnicki und in meine Nähe gebracht hatte, vielmehr zu der Annahme geneigt, daß seines Sohnes Ephraim Talent so übermäßig groß war, daß ein Wiener Konservatorium beglückt sein müßte, einen solchen Sohn zu beherbergen, besuchte mich zwei Tage später und begann folgendermaßen: „Wenn einer etwas kann in dieser Welt, wird er etwas. Ich habe das meinem Sohn Ephraim immer gesagt. Es ist auch so gekommen. Es ist mein einziger Sohn. Er spielt großartig Geige. Sie müssen ihn einmal bitten, daß er Ihnen etwas vorspielt. Und er ist stolz. Wer weiß, ob er es wirklich tut!" – Es war so, als hätte ich dem Fiaker Manes dafür zu danken, daß es mir vergönnt gewesen war, seinem Sohn einen Platz im Konservatorium zu verschaffen. „Ich habe gar nichts mehr hier in Wien zu suchen", fuhr er fort, „ich werde morgen nach Hause fahren."

„Sie müssen", sagte ich ihm, „noch dem Grafen Chojnicki einen Besuch machen, um sich bei ihm zu bedanken."

„Ein feiner Herr Graf!" sagte Manes, mit Anerkennung. „Ich werde ihm adieu sagen. Hat er meinen Ephraim schon spielen gehört?"

„Nein!" sagte ich, „Sie sollten ihn darum bitten!"

Der Zug des Fiakers Manes Reisiger ging um elf Uhr abends, gegen acht Uhr kam er zu mir und bat mich, das heißt: er befahl mir beinahe, ihn in das Hotel des Grafen Chojnicki zu führen.

Gut, ich führte ihn hin. Chojnicki war dankbar und fast entzückt. Ja, er war sogar gerührt. „Wie großartig", riet er, „daß er zu mir kommt, um mir zu danken. Ich habe Ihnen gleich gesagt: So sind unsere Juden!"

Schließlich dankte er dem Fiaker Manes dafür, daß dieser ihm Gelegenheit gegeben hatte, ein Genie der Welt erhalten zu haben. Es hörte sich an, als ob Chojnicki seit zehn oder seit zwanzig Jahren auf nichts anderes gewartet hätte als auf den Sohn des Manes Reisiger und als sei ihm nunmehr ein längst gehegter und sorgsam gepflegter Wunsch endlich in Erfüllung gegangen. Er bot sogar Manes Reisiger aus lauter Dankbarkeit Geld für die Rückreise an. Der Fiaker Manes lehnte ab, aber er lud uns beide ein, zu ihm zu kommen. Er hätte ein Haus, sagte er, drei Zimmer, eine Küche, einen Stall für sein Pferd und einen Garten, wo sein Wagen und sein Schlitten stünden. Oh, er sei gar kein armer Fiaker. Er verdiente sogar fünfzig Kronen im Monat. Und wenn wir zu ihm kommen wollten, würde es uns großartig ergehen. Er würde schon dafür sorgen, daß wir nichts zu entbehren hätten.

Er vergaß auch nicht, Chojnicki und mich daran zu erinnern, daß wir geradezu die Pflicht hätten, uns um seinen Sohn Ephraim zu kümmern. „So ein Genie muß man pflegen!“ sagte er beim Abschied.

Chojnicki versprach es; und auch, daß wir im nächsten Sommer bestimmt nach Zlotogrod kommen würden.

VII

Hier an dieser Stelle muß ich von einer wichtigen Angelegenheit sprechen, von der ich, als ich dieses Buch zu schreiben anfing, gehofft hatte, ich könnte sie umgehen. Es handelt sich nämlich um nichts anderes als die Religion.

Ich war ungläubig, wie meine Freunde, wie alle meine Freunde. Ich ging niemals zur Messe. Wohl aber pflegte ich meine Mutter bis vor den Eingang zur Kirche zu begleiten, meine Mutter, die zwar vielleicht nicht gläubig war, wohl aber „praktizierend“, wie man sagt. Damals haßte ich die Kirche geradezu. Ich weiß heute, da ich gläubig bin, zwar nicht mehr, warum ich sie haßte. Es war „Mode“ sozusagen.

Ich hätte mich geschämt, wenn ich meinen Freunden hätte sagen müssen, daß ich zur Kirche gegangen sei. Es war keine wirkliche Feindseligkeit gegen die Religion in ihnen, sondern eine Art Hochmut, die Tradition anzuerkennen, in der sie aufgewachsen waren. Zwar wollten sie das Wesentliche ihrer Tradition nicht aufgeben; aber sie – und ich gehörte zu ihnen –, wir rebellierten gegen die Formen der Tradition, denn wir wußten nicht, daß wahre Form mit dem Wesen identisch sei und daß es kindisch war, eines von dem andern zu trennen. Es war kindisch, wie gesagt: aber wir waren damals eben kindisch. Der Tod kreuzte schon seine knochigen Hände über den Kelchen, aus denen wir tranken, fröhlich und kindisch. Wir fühlten ihn nicht, den Tod. Wir fühlten ihn nicht, weil wir Gott nicht fühlten. Unter uns war Graf Chojnicki der einzige, der noch an den religiösen Formen festhielt, aber auch nicht etwa aus Gläubigkeit, sondern dank dem Gefühl, daß die Noblesse ihn dazu verpflichtete, die

Vorschriften der Religion zu befolgen. Er hielt uns andere, die wir sie vernachlässigten, für halbe Anarchisten. „Die römische Kirche“, so pflegte er zu sagen, „ist in dieser morschen Welt noch die einzige Formgeberin, Formerhalterin. Ja, man kann sagen, Formspenderin. Indem sie das Traditionelle des sogenannten „Althergebrachten“ in der Dogmatik einsperrt wie in einem eisigen Palast, gewinnt und verleiht sie ihren Kindern die Freiheit, ringsum, außerhalb dieses Eispalastes, der einen weiten, geräumigen Vorhof hat, das Lässige zu treiben, noch das Verbotene zu verzeihen beziehungsweise zu führen. Indem sie Sünden statuiert, vergibt sie bereits diese Sünden. Sie gestattet geradezu keine fehlerlosen Menschen: Dies ist das eminent Menschliche an ihr. Ihre tadellosen Kinder erhebt sie zu Heiligen. Dadurch allein gestattet sie implicite die Fehlerhaftigkeit der Menschen. Ja, sie gestattet die Sündhaftigkeit in dem Maße, daß sie jene Wesen nicht mehr für menschlich hält, die nicht sündhaft sind: Die werden selig oder heilig. Dadurch bezeugt die römische Kirche ihre vornehmste Tendenz, zu verzeihen, zu vergeben. Es gibt keine noblere Tendenz als die Verzeihung. Bedenken Sie, daß es keine vulgärere gibt als die der Rache. Es gibt keine Noblesse ohne Großzügigkeit, wie es keine Rachsucht gibt ohne Vulgarität.“

Er war der Älteste und Klügste unter uns, der Graf Chojnicki; aber wir waren zu jung und zu töricht, um seiner Überlegenheit jene Verehrung zu zollen, die sie gewiß verdiente. Wir hörten ihm eher gefällig zu, und obendrein bildeten wir uns noch ein, daß wir ihm eine Liebenswürdigkeit erwiesen, indem wir ihm zuhörten. Er war für uns sogenannte Junge ein älterer Herr. Später erst, im Kriege, war es uns beschieden zu sehen, um wieviel jünger er in Wahrheit war als wir.

Aber spät erst, viel zu spät, sahen wir ein, daß wir zwar nicht jünger waren als er, sondern einfach ohne Alter, sozusagen unnatürlich ohne Alter. Dieweil er natürlich war, würdig seiner Jahre, echt und gottgesegnet.

VIII

Ein paar Monate später erhielt ich den folgenden Brief von dem Fiaker Manes Reisiger:

„Sehr verehrter Herr!

Nach der großen Ehre und der großen Dienstleistung, die Sie mir erwiesen haben, erlaube ich mir ergebenst, Ihnen mitzuteilen, daß ich Ihnen sehr, sehr dankbar bin. Mein Sohn schreibt mir, daß er Fortschritte im Konservatorium macht, und sein ganzes Genie habe ich Ihnen zu verdanken. Ich danke Ihnen auch von Herzen. Gleichzeitig erlaube ich mir ergebenst, Sie zu bitten, ob Sie nicht die große Güte hätten, hierher, zu uns, zu kommen. Ihr Cousin, der Maronibrater Trotta, wohnt immer, das heißt: seit zehn Jahren, bei mir, jeden Herbst. Ich habe mir vorgestellt, daß es auch Ihnen angenehm wäre, bei mir zu wohnen. Mein Häuschen ist arm, aber geräumig.

Sehr verehrter Herr! Nehmen Sie mir gefälligst diese Einladung nicht übel. Ich bin so klein, und Sie sind so groß! Verehrter Herr! Ich bitte auch um Entschuldigung, daß ich diesen Brief schreiben lasse. Ich kann nämlich selbst nicht schreiben, außer meinem Namen. Diesen Brief schreibt, auf meinen Willen, der öffentlich konzessionierte Schreiber unseres Ortes, Hirsch Kiniower, also ein zuverlässiger, ordentlicher und amtlicher Mensch. Des sehr verehrten Herrn ergebener:

Manes Reisiger, Fiaker in Zlotogrod“

Der ganze Brief war in sorgfältiger, kalligraphischer Schrift geschrieben: „Wie gedruckt“ sagte man damals von dieser Art Schrift. Nur die Unterschrift, der Name eben, verriet die rührende Ungelenkigkeit der Fiakerhand. Dieser Anblick der Unterschrift allein hätte mir genügt, meinen Entschluß zu fassen und meine Reise nach Zlotogrod für den nächsten Frühherbst festzusetzen. Sorglos waren wir damals alle, und ich war sorglos wie alle die anderen. Unser Leben war vor dem großen Krieg idyllisch, und schon eine Reise nach dem fernen Zlotogrod schien uns allen ein Abenteuer. Und daß ich der Held dieses Abenteuers sein sollte, war mir selbst eine großartige Gelegenheit, großartig vor meinen

Freunden dazustehen. Und obwohl diese abenteuerliche Reise noch so weit vor uns lag und obwohl ich allein sie zu machen hatte, sprachen wir doch jeden Abend von ihr, als trennte mich lediglich eine Woche von Zlotogrod und als hätte ich sie nicht allein, sondern wir alle gemeinsam zu unternehmen. Allmählich wurde diese Reise für uns alle eine Leidenschaft, sogar eine Besessenheit. Und wir begannen, uns das ferne, kleine Zlotogrod sehr willkürlich auszumalen, dermaßen, daß wir selbst schon, während wir noch Zlotogrod schilderten, überzeugt waren, wir entwürfen davon ein ganz falsches Bild; und daß wir dennoch nicht aufhören konnten, diesen Ort, den keiner von uns kannte, zu entstellen. Das heißt: mit allerhand Eigenschaften auszustatten, von denen wir von vornherein wußten, sie seien die willkürlichen Ergebnisse unserer Phantasie und keineswegs die realen Qualitäten dieses Städtchens.

So heiter war damals die Zeit! Der Tod kreuzte schon seine knochigen Hände über den Kelchen, aus denen wir tranken. Wir sahen ihn nicht, wir sahen nicht seine Hände. Wir sprachen von Zlotogrod dringlich so lange und so intensiv, daß ich von der Furcht erfaßt wurde, es könnte eines Tages plötzlich verschwinden oder meine Freunde könnten zu glauben anfangen, jenes Zlotogrod sei unwirklich geworden und es existierte gar nicht und ich hätte ihnen nur davon erzählt. Plötzlich erfaßten mich die Ungeduld und sogar die Sehnsucht nach diesem Zlotogrod und nach dem Fiaker namens Reisiger.

Mitten im Sommer des Jahres 1914 fuhr ich hin, nachdem ich Vetter Trotta nach Sipolje geschrieben hatte, daß ich ihn dort erwarte.

IX

Mitten im Sommer des Jahres 1914 fuhr ich also nach Zlotogrod. Ich kehrte im Hotel „Zum goldenen Bären“ ein, dem einzigen Hotel dieses Städtchens, von dem man mir gesagt hatte, es sei einem Europäer angemessen.

Der Bahnhof war winzig, wie jener in Sipolje, den ich in gewissenhafter Erinnerung behalten hatte. Alle Bahnhöfe der alten österreichisch-ungarischen Monarchie gleichen einander, die kleinen Bahnhöfe in den kleinen Provinzorten. Gelb und winzig, waren sie trägen Katzen ähnlich, die winters im Schnee, sommers in der Sonne lagern, gleichsam beschützt von dem überlieferten kristallenen Glasdach des Perrons und überwacht von dem schwarzen Doppeladler auf gelbem Hintergrund. Überall, in Sipolje wie in Zlotogrod, war der Portier der gleiche, der gleiche Portier mit dem erhabenen Bauch, der dunkelblauen, friedfertigen Uniform, dem schwarzen Riemen quer über der Brust, dem Riemen, in dem die Glocke steckte, die Mutter jenes seligen, dreimaligen, vorschriftsmäßigen Klingelns, das die Abfahrt ankündigte; auch in Zlotogrod, wie in Sipolje, hing am Perron, über dem Eingang zum Büro des Stationsvorstehers, jenes schwarze, eiserne Instrument, aus dem wunderbarerweise das ferne silberne Klingeln des fernen Telephons kam, Signale, zart und lieblich, aus anderen Welten, so daß man sich wunderte, daß sie Zuflucht gefunden hatten in einem so schweren, wenn auch kleinen Gehäuse; auf der Station in Zlotogrod, wie auf der in Sipolje, salutierte der Portier den Ankommenden wie den Abreisenden, und sein Salutieren war wie eine Art militärischen Segens; auf dem Bahnhof in Zlotogrod, wie auf dem in Sipolje, gab es den gleichen „Wartesaal zweiter und erster Klasse", das gleiche Büfett mit den Schnapsflaschen und der gleichen blonden, vollbusigen Kassiererin und den zwei riesengroßen Palmen rechts und links vom Büfett, die ebenso an Vorweltgewächse erinnerten wie an Pappendeckel. Und vor dem Bahnhof warteten die drei Fiaker, genauso wie in Sipolje. Und ich erkannte sofort den unverkennbaren Fiaker Manes Reisiger.

Selbstverständlich war er es, der mich zum Hotel „Zum goldenen Bären" fuhr. Er hatte einen schönen, mit zwei silbergrauen Schimmeln bespannten Fiaker, die Speichen der Räder waren gelb lackiert und die Räder mit Gummi versorgt, so wie sie Manes in Wien bei den sogenannten „Gummiradlern" gesehen hatte.

Er gestand mir unterwegs, daß er eigentlich nicht so sehr meinetwegen, in Erwartung meiner Ankunft, seinen Fiaker renoviert hatte wie aus einer Art jener instinktiven Leidenschaft, die ihn zwang, seine Kollegen, die Wiener Fiaker, genauer zu beobachten und seine Ersparnisse dem Gott des Fortschritts zu opfern, zwei Schimmel zu kaufen und Gummireifen um die Räder zu tun.

Der Weg vom Bahnhof zur Stadt war sehr weit, und Manes Reisiger hatte lang Zeit, mir die Geschichten zu erzählen, die ihn so nahe angingen. Er hielt dabei mit der linken Hand die Zügel. Zu seiner Rechten stak die Peitsche in ihrem Futteral. Die Schimmel kannten wohl den Weg. Es war keineswegs nötig, sie zu lenken. Manes brauchte sich gar nicht um sie zu kümmern. Er saß also nachlässig auf dem Kutschbock, hielt die Zügel sorglos und schlaff in der Linken und neigte sich mir mit dem halben Oberkörper zu, während er mir seine Geschichte erzählte. Beide Schimmel zusammen hatten nur hundertfünfundzwanzig Kronen gekostet. Es waren ärarische Schimmel, jeder auf dem linken Auge blind geworden, für militärische Zwecke also unbrauchbar und von den in Zlotogrod stationierten Neuner-Dragonern billig abgegeben. Allerdings hätte er, der Fiaker Manes Reisiger, sie niemals so leicht kaufen können, wenn er nicht ein Liebling des Obersten von dem Neuner-Dragoner-Regiment gewesen wäre. Es gab im ganzen fünf Fiaker im Städtchen Zlotogrod. Die andern vier, die Kollegen Reisigers, hatten schmutzige Wagen, faule und lahme alte Stuten, krumme Räder und ausgefranste Ledersitze. Die Holzwolle kroch nur so wild durch das abgeschabte und löchrige Leder, und es war wahrhaftig keinem Herrn, geschweige denn einem Obersten von den Neuner-Dragonern zuzumuten, daß er sich in solch einen Fiaker setzte.

Ich hatte eine Empfehlung von Chojnicki an den Garnisonskommandanten, den Obersten Földes von den Neunern, ebenso wie an den Bezirkshauptmann, den Baron Grappik. Gleich morgen, am nächsten Tag nach meiner Ankunft also, gedachte ich, beide Besuche zu machen. Der Fiaker Manes Reisiger verfiel in Schweigen, er hatte nichts mehr Wichtiges zu erzählen, alles, was wichtig in seinem

Leben war, hatte er bereits gesagt. Dennoch aber ließ er immer noch die Peitsche im Futteral, dennoch hielt er immer noch die Zügel schlaff und lose, dennoch wandte er mir immer noch vom Kutschbock her seinen Oberkörper zu. Das ständige Lächeln seines breiten Mundes mit den starken weißen Zähnen zwischen der nächtlichen, fast schon blauen Schwärze seines Schnurrbarts und seines Bartes erinnerte leicht an einen milchigen Mond zwischen Wäldern, zwischen angenehmen Wäldern eben. So viel Heiterkeit, so viel Güte war in diesem Lächeln, daß es sogar die Kraft der fremden, flachen, wehmütigen Landschaft beherrschte, durch die ich fuhr. Denn weite Felder zu meiner Rechten, weite Sümpfe zu meiner Linken dehnten sich auf dem Weg zwischen der Bahnstation Zlotogrod und dem Städtchen Zlotogrod, es war, als wäre es gleichsam in freiwilliger Keuschheit bewußt ferne dem Bahnhof geblieben, der es mit der Welt verband. Es war ein regnerischer Nachmittag und, wie gesagt, am Anfang des Herbstes. Die Gummiräder des Fiakers Manes rollten gespenstisch lautlos durch die aufgeweichte, ungepflasterte Landstraße, aber die schweren Hufe der starken, dereinst ärarischen Schimmel klatschten in wuchtigem Rhythmus durch den dunkelgrauen Schlamm, und die dicken Kotklumpen spritzten vor uns her. Es war bereits Halbdunkel, als wir die ersten Häuser erreichten. Mitten auf dem Ringplatz, der kleinen Kirche gegenüber, stand, durch eine einsame, traurige Laterne von weitem schon kundgetan, das einzige zweistöckige Haus von Zlotogrod: nämlich das Hotel „Zum goldenen Bären“. Die einsame Laterne davor erinnerte an ein Waisenkind, das durch Tränen vergeblich zu lächeln versucht.

Dennoch, auf so viel Fremdes, mehr als dies: nämlich Weites und Entferntes, ich mich auch vorbereitet hatte, erschien mir auch das meiste heimisch und vertraut. Viel später erst, lange nach dem großen Krieg, den man den „Weltkrieg“ nennt, mit Recht, meiner Meinung nach, und zwar nicht etwa, weil ihn die ganze Welt geführt hatte, sondern weil wir alle infolge seiner eine Welt, unsere Welt, verloren haben, viel später also erst sollte ich einsehen, daß sogar Landschaften, Äcker, Nationen, Rassen, Hütten und Kaffeehäuser verschiedenster Art und verschiedenster

Abkunft dem durchaus natürlichen Gesetz eines starken Geistes unterliegen müssen, der imstande ist, das Entlegene nahezubringen, das Fremde verwandt werden zu lassen und das scheinbar Auseinanderstrebende zu einigen. Ich spreche vom mißverstandenen und auch mißbrauchten Geist der alten Monarchie, der da bewirkte, daß ich in Zlotogrod ebenso zu Hause war wie in Sipolje, wie in Wien.

Das einzige Kaffeehaus in Zlotogrod, das Café Habsburg, gelegen im Parterre des Hotels „Zum goldenen Bären“, in dem ich abgestiegen war, sah nicht anders aus als das Café Wimmerl in der Josefstadt, wo ich gewohnt war, mich mit meinen Freunden am Nachmittag zu treffen. Auch hier saß hinter der Theke die wohlvertraute Kassiererin, so blond und so füllig, wie zu meiner Zeit nur die Kassiererinnen sein konnten, eine Art biedere Göttin des Lasters, eine Sünde, die sich selbst preisgab, indem sie sich nur andeutete, lüstern, verderblich und geschäftstüchtig lauernd zugleich. Desgleichen hatte ich schon in Agram, in Olmütz, in Brunn, in Kecskemet, in Szombathely, in Ödenburg, in Sternberg, in Müglitz gesehen. Die Schachbretter, die Dominosteine, die verrauchten Wände, die Gaslampen, der Küchentisch in der Ecke, in der Nähe der Toiletten, die blaugeschürzte Magd, der Landgendarm mit dem lehmgelben Helm, der auf einen Augenblick eintrat, ebenso autoritär wie verlegen, und der das Gewehr mit dem aufgepflanzten Bajonett schüchtern fast in den Regenschirmständer lehnte, und die Tarockspieler mit den Kaiserbärten und den runden Manschetten, die sich jeden Tag pünktlich um die gleiche Stunde versammelten: all dies war Heimat, stärker als nur ein Vaterland, weit und bunt, dennoch vertraut und Heimat: die kaiser- und königliche Monarchie. Der Bezirkshauptmann Baron Grappik und der Oberst der Neuner-Dragoner Földes, sie sprachen beide das gleiche näselnde, ärarische Deutsch der besseren Stände, eine Sprache, hart und weich zugleich, als wären Slawen und Italiener die Gründer und Väter dieser Sprache, einer Sprache voller diskreter Ironie und voll graziöser Bereitschaft zur Harmlosigkeit, zum Plausch und sogar zum holden Unsinn. Es dauerte kaum eine Woche, und ich war in Zlotogrod ebenso heimisch, wie ich es in Sipolje, in Müglitz, in Brunn und in unserem Café Wimmerl in der Josefstadt gewesen war.

Selbstverständlich fuhr ich jeden Tag im Fiaker meines Freundes Manes Reisiger durch die Gegend. Das Land war in Wirklichkeit arm, aber es zeigte sich anmutig und sorglos. Die weit gebreiteten, unfruchtbaren Sümpfe selbst erschienen mir saftig und gütig und der freundliche Chor der Frösche, der aus ihnen emporstieg, als ein Lobgesang von Lebewesen, die besser als ich wußten, zu welchem Zweck Gott sie und ihre Heimat, die Sümpfe, geschaffen hatte.

In der Nacht hörte ich manchmal die heiseren, oft unterbrochenen Schreie der hoch fliegenden wilden Gänse. An Weiden und Birken hing noch reichlich das Laub, aber von den großen, Ehrfurcht heischenden Kastanien fielen bereits die sauber gezackten, harten goldgelben Blätter. Die Enten schnatterten mitten in der Straße, in denen unregelmäßige Tümpel den silbergrauen, nie trocknenden Schlamm unterbrachen.

Ich pflegte am Abend mit den Offizieren des Neuner-Dragoner-Regiments zu essen; richtiger gesagt: zu trinken. Über den Kelchen, aus denen wir tranken, kreuzte der unsichtbare Tod schon seine knochigen Hände. Wir ahnten sie noch nicht. Manchmal blieben wir spät zusammen. Aus einer unerklärlichen Angst vor der Nacht erwarteten wir den Morgen. Aus einer unerklärlichen Angst, sage ich eben, weil sie uns damals erklärlich zu sein schien; denn wir suchten die Erklärung in der Tatsache, daß wir zu jung waren, um die Nächte zu vernachlässigen. Indessen war es, wie ich erst später sah, die Angst vor den Tagen, genauer gesagt, vor den Vormittagen, den klarsten Zeiten des Tages. Da sieht man deutlich, und man wird auch deutlich gesehen. Und wir, wir wollten nicht deutlich sehen, und wir wollten auch nicht deutlich gesehen werden.

Am Morgen also, um sowohl dieser Deutlichkeit zu entgehen als auch dem dumpfen Schlaf, den ich wohl kannte und der einen Menschen nach einer durchwachten und durchzechten Nacht überfällt, wie ein falscher Freund, ein schlechter Heiler, ein griesgrämiger Gütling und ein tückischer Wohltäter, flüchtete ich mich zu Manes, dem Fiaker. Oft gegen sechs Uhr früh kam ich in dem Augenblick an, wo er eben aus dem Bett gestiegen war. Er wohnte außerhalb des Städtchens, in der Nähe des Friedhofs. Ich brauchte ungefähr eine halbe Stunde, um zu ihm zu gelangen. Manchmal kam ich just in dem Moment an, in dem er gerade aufgestanden war. Sein Häuschen lag einsam, umgeben von Feldern und Wiesen, die ihm nicht gehörten, blau getüncht und mit einem schwarzgrauen Schindeldach versehen, nicht unähnlich einem lebendigen Wesen, das nicht zu stehen, sondern sich zu bewegen schien. So kräftig war die dunkelblaue Farbe der Wände innerhalb des welk werdenden Grüngelbs der Umgebung. Wenn ich das dunkelrote Tor aufstieß, das den Eingang zu der Wohnung des Fiakers Manes freigab, sah ich ihn zuweilen gerade aus seiner Haustür steigen. Vor dieser braunen Haustür stand er da, im groben Hemd, in groben Unterhosen, barhäuptig und barfüßig, eine große, braune, irdene Kanne in der Hand. Er trank immer wieder einen Schluck, dann spuckte er das Wasser aus dem Munde in großem Bogen aus. Mit seinem gewaltigen schwarzen Vollbart, gerade gegenüber der eben aufgehenden Sonne, in seinem groben Leinen, mit seinen struppigen und wolligen Haaren erinnerte er an Urwald, Urmensch, Vorzeit, verwirrt und verspätet, man wußte nicht, warum.

Er zog sein Hemd aus und wusch sich am Brunnen. Er pustete gewaltig dabei, spie, kreischte, jauchzte fast, es war wahrhaftig wie ein Einbruch der Vorwelt in die Nachwelt. Dann zog er sein grobes Hemd wieder an, und wir gingen beide einander entgegen, um uns zu begrüßen. Diese Begrüßung war ebenso feierlich wie herzlich. Es war eine Art von Zeremoniell und, obwohl wir uns fast jeden Morgen sahen, immer wieder eine stillschweigende Versicherung der Tatsache, daß weder ich ihn lediglich für einen jüdischen Fiaker hielt noch er mich lediglich für einen einflußreichen jungen Herrn aus Wien. Manchmal bat er mich, die spärlichen Briefe zu lesen, die sein Sohn aus dem Konservatorium schrieb. Es waren ganz kurze Briefe, aber da er erstens nicht schnell die deutsche Sprache begriff, in der ihm der Sohn zu schreiben sich verpflichtet fühlte – weiß Gott aus welchem Grund –, und zweitens, weil sein zärtliches Vaterherz wünschen mochte, daß diese Briefe nicht zu kurz seien, achtete er darauf, daß ich sie sehr langsam lese. Oft verlangte er auch, daß ich die Sätze zwei- oder dreimal wiederhole.

Das Geflügel in seinem kleinen Stall begann zu gackern, sobald er in den Hof trat. Die Pferde wieherten, lüstern fast, dem Morgen entgegen und dem Fiaker Manes. Er schloß zuerst den Pferdestall auf, und beide Schimmel steckten gleichzeitig die Köpfe zur Tür heraus. Er küßte sie beide, so, wie man Frauen küßt. Dann ging er in den Schuppen, um den Wagen herauszubringen. Hierauf spannte er die Pferde ein. Dann schloß er den Hühnerstall auf, und das Geflügel zerstreute sich kreischend und flügelschlagend. Es sah aus, als ob sie eine unsichtbare Hand über den Hof ausgesät hätte.

Ich kannte auch die Frau des Fiakers Manes Reisiger. Etwa eine halbe Stunde später als er pflegte sie aufzustehen und mich zum Tee einzuladen. Ich trank ihn in der blau getünchten Küche, vor dem großen, weißblechernen Samowar, während Manes geschabten Rettich, Zwiebelbrot und Gurken aß. Es roch stark, aber heimlich, heimisch fast, obwohl ich niemals diese Art Frühstück gegessen hatte; ich liebte damals eben alles, ich war jung, einfach jung.

Ich hatte sogar die Frau meines Freundes Manes Reisiger gern, obwohl sie zu den – im allgemeinen Sprachgebrauch sogenannten – häßlichen Frauen gehörte, denn sie war rothaarig, sommersprossig und sah einer aufgequollenen Semmel ähnlich. Dennoch, und trotz ihrer fetten Finger, hatte sie eine appetitliche Art, den Tee einzuschenken, ihrem Mann das Frühstück zu bereiten. Sie hatte ihm drei Kinder geboren. Zwei von ihnen waren an den Pocken gestorben. Manchmal sprach sie von den toten Kindern, als wären sie noch lebendig. Es war, als gäbe es für sie keinen Unterschied zwischen den begrabenen Kindern und jenem nach dem Wiener Konservatorium abgewanderten Sohn, der ihr so gut wie gestorben erscheinen mochte. Ausgeschieden war er eben aus ihrem Leben.

Durchaus lebendig und allzeit gegenwärtig aber war ihr mein Vetter, der Maronibrater. Hier vermutete ich allerhand.

Eine Woche später mußte er kommen, mein Vetter Joseph Branco Trotta.

X

Eine Woche später kam er auch.

Er kam mit seinem Maulesel, mit seinem Ledersack, mit seinen Kastanien. Braun und schwarz und heiter war er; genau so, wie ich ihn das letztemal in Wien gesehen hatte. Es schien ihm offenbar natürlich, mich hier wiederzutreffen. Es war noch lange nicht die richtige Saison der Maroni angebrochen. Mein Vetter war einfach meinetwegen ein paar Wochen früher gekommen. Auf dem Wege von der Bahn zur Stadt saß er auf dem Kutschbock an der Seite unseres Freundes Manes Reisiger. Den Maulesel hatten sie hinten mit einem Halfterband an den Fiaker gebunden. Der Ledersack, der Bratofen, die Kastanien waren zu beiden Seiten des Wagens aufgeschnallt. Also fuhren wir in das Städtchen Zlotogrod ein, aber wir erregten keinerlei Aufsehen. Man war in Zlotogrod gewohnt, meinen Vetter Joseph Branco jedes zweite Jahr auftauchen zu sehen. Und auch an mich, den dorthin verirrten Fremden, schien man sich bereits gewöhnt zu haben. Wir machten also keinerlei Aufsehen bei unserm Einzug in das Städtchen.

Mein Vetter Joseph Branco stieg, wie gewöhnlich, bei Manes Reisiger ab. Er brachte mir, eingedenk seiner guten Geschäfte, die er im Sommer des vergangenen Jahres mit der Uhr und mit der Kette gemacht hatte, noch ein paar folkloristische Kleinigkeiten mit, zum Beispiel einen Aschenbecher aus getriebenem Silber, auf dem zwei übereinander gekreuzte Dolche zu sehen waren und der heilige alte Nikodemus, der mit ihnen gar nichts zu tun hatte, einen Becher aus Messing, der mir nach Sauerteig zu riechen schien, einen Kuckuck aus bemaltem Holz. Dies alles, so sagte Joseph Branco, hätte er mitgebracht, um es mir zu schenken, für den Fall, daß ich imstande wäre, ihm die „Transportkosten" zu ersetzen. Und ich begriff, was er unter „Transportkosten" verstand. Ich kaufte ihm den Aschenbecher, den Trinkbecher und den hölzernen Kuckuck ab, noch am Abend seiner Ankunft. Er war glücklich.

Um sich die Zeit zu vertreiben, wie er vorgab, in Wirklichkeit aber, um jede Gelegenheit auszunützen, die ihm etwas Geld eintragen konnte, versuchte er von Zeit zu Zeit, dem Fiaker Manes einzureden, daß er, Joseph Branco, ein geschickter Kutscher sei, besser als Manes, auch fähiger als dieser, Kunden zu finden. Aber Reisiger ging auf derlei Reden gar nicht ein. Er selbst spannte seine Schimmel am frühen Morgen vor den Wagen und fuhr, ohne sich um Joseph Branco zu kümmern, zum Bahnhof und zum Marktplatz, wo seine Kollegen, die anderen Fiaker, hielten.

Es war ein schöner, sonniger Sommer. Obwohl Zlotogrod sozusagen kein „richtiges Städtchen“ war, weil es nämlich eher einem verkleideten Dorf ähnlich sah als einem Städtchen, und obwohl es den ganzen frischen Atem der Natur ausströmte, dermaßen, daß die Wälder, die Sümpfe und die Hügel, von denen es umgeben war, den Marktplatz beinahe zu bedrängen schienen und daß man glauben konnte, Wald und Sumpf und Hügel könnten jeden Tag in das Städtchen ebenso selbstverständlich einkehren wie etwa ein Durchreisender, der vom Bahnhof kam, um im Hotel „Zum goldenen Bären“ abzusteigen, schien es meinen Freunden, den Beamten der Bezirkshauptmannschaft wie den Herren von den Neuner-Dragonern, daß Zlotogrod eine wirkliche Stadt sei; denn sie hatten das Bewußtsein nötig, daß sie nicht in weltverlorene Ortschaften verbannt seien, und die Tatsache allein, daß es eine Bahnstation Zlotogrod gab, vermittelte ihnen das sichere Gefühl, daß sie nicht abseits jener Zivilisation lebten, in der sie aufgewachsen und von der sie verwöhnt waren. Infolgedessen taten sie so, als müßten sie ein paarmal in der Woche die sogenannte unzuträgliche Stadtluft verlassen und in Fiakern jenen Wäldern, Sümpfen, Hügeln entgegenfahren, die eigentlich ihnen entgegenkamen. Denn Zlotogrod war nicht nur von der Natur erfüllt, sondern sogar auch von seiner Umgebung bedrängt. Also geschah es, daß ich ein paarmal in der Woche mit meinen Freunden im Fiaker des Manes Reisiger in die sogenannte „Umgebung“ von Zlotogrod hinausfuhr.

„Ausflüge“ nannte man so was in der Tat. Wir hielten oft vor der Grenzschenke Jadlowkers. Der alte Jadlowker, ein uralter, silberbärtiger Jude, saß vor dem breiten, mächtig gewölbten, rostbraunen, zweiflügeligen Haustor, starr und halbgelähmt. Er glich einem Winter, der noch die letzten schönen Tage des Herbstes genießen und mitnehmen möchte in jene so nahe Ewigkeit, in der es gar keine Jahreszeiten mehr gibt. Er hörte nichts, er verstand kein Wort, er war stocktaub. Aber an seinen großen schwarzen und traurigen Augen glaubte ich zu erkennen, daß er gewissermaßen all jenes sah, was die Jüngeren nur mit ihren Ohren vernehmen konnten, und daß er also sozusagen freiwillig und mit Wonne taub war. Die Marienfäden flogen sacht und zärtlich über ihn dahin. Die silberne, aber immer noch wärmende Herbstsonne überglänzte ihn, den Alten, der dem Westen gegenübersaß, der dem Abend und dem Sonnenuntergang entgegensah, den irdischen Zeichen des Todes also, so, als erwartete er, daß die Ewigkeit, der er bald geweiht war, zu ihm käme, statt ihr entgegenzugehen. Unermüdlich zirpten die Grillen. Unermüdlich quakten die Frösche. Ein großer Friede herrschte in dieser Welt, der herbe Friede des Herbstes.

Um diese Zeit pflegte mein Vetter Joseph Branco, einer alten Überlieferung der Maronibrater der österreichisch-ungarischen Monarchie getreu, seinen Stand auf dem Ringplatz von Zlotogrod zu eröffnen.

Zwei Tage lang zog durch das ganze kleine Städtchen noch der hartsüße, warme Geruch der gebratenen Äpfel.

Es begann zu regnen. Es war ein Donnerstag. Am nächsten Tag, Freitag also, klebte die Botschaft schon an allen Straßenecken. Es war das Manifest unseres alten Kaisers Franz Joseph, und es hieß: „An Meine Völker!“

XI

Ich war Fähnrich in der Reserve. Knapp zwei Jahre vorher hatte ich mein Bataillon, die Einundzwanziger-Jäger, verlassen. Es schien mir damals, daß mir der Krieg durchaus gelegen käme. In dem Augenblick, in dem er nun da war und unausbleiblich, erkannte ich sofort – und ich glaube, auch alle meine Freunde dürften es genauso schnell und so plötzlich erkannt haben –, daß sogar noch ein sinnloser Tod besser sei als ein sinnloses Leben. Ich hatte Angst vor dem Tod. Das ist gewiß. Ich wollte nicht fallen. Ich wollte mir lediglich selbst die Sicherheit verschaffen, daß ich sterben könne.

Mein Vetter Joseph Branco und sein Freund, der Fiaker Manes, waren beide Soldaten in der Reserve. Auch sie mußten also einrücken. Am Abend jenes Freitags, an dem das Manifest des Kaisers an den Wänden plakatiert worden war, ging ich, wie gewohnt, ins Kasino, um mit meinen Freunden von den Neuner-Dragonern zu essen. Ich konnte ihren Appetit nicht begreifen, ihre gewohnte Heiterkeit nicht, nicht ihre törichte Gleichgültigkeit gegen die Marschorder nach dem nordöstlich gelegenen russischen Grenzorte Radziwillow. Ich war der einzige unter ihnen, der schon die Anzeichen des Todes in ihren harmlosen, sogar fröhlichen, jedenfalls unbewegten Gesichtern erkannte. Es war, als befänden sie sich in einer Art euphorischem Zustand, der die Sterbenden so häufig begnadet, ein Vorbote des Todes. Und obwohl sie noch gesund und munter an den Tischen saßen und Schnaps und Bier tranken und obwohl ich so tat, als nähme ich teil an ihren törichten Scherzen, kam ich mir doch vor wie ein Arzt oder ein Krankenpfleger, der seinen Patienten sterben sieht und der sich freut, daß der Sterbende noch gar nichts von dem nahen Tode weiß. Und dennoch fühlte ich auf die Dauer ein Unbehagen, wie es vielleicht auch mancher Arzt oder mancher Krankenwärter haben mag, im Angesicht des Todes und der Euphorie des Sterbenden, in jenem Augenblick also, da sie nicht genau wissen mögen, ob es nicht besser wäre, dem Todgeweihten zu sagen, daß er bald sterben müsse, statt die günstige Tatsache zu begrüßen, daß er dahingehen würde, ohne etwas zu ahnen.

Infolgedessen verließ ich die Herren von den Neuner-Dragonern schnell und begab mich auf den Weg zu Manes, dem Fiaker, bei dem, wie schon gesagt, mein Vetter Joseph Branco wohnte.

Wie anders waren sie beide und wie wohl taten sie mir nach diesem Abend im Kasino der Neuner-Dragoner! Vielleicht waren es die rituellen Kerzen, die im blau getünchten Zimmer des jüdischen Fiakers Manes brannten, ihrem eigenen Tod, fröhlich fast, auf jeden Fall aber gefaßt und sicher, entgegenbrannten: drei Kerzen, goldgelb, in grüne Bierflaschen gesteckt; denn der Fiaker Manes war zu arm, um sich auch nur Messingleuchter zu kaufen. Es waren beinahe nur noch Stümpfe von Kerzen, und sie schienen mir das Ende der Welt, von dem ich wußte, daß es sich jetzt zu vollziehen begann, zu symbolisieren. Das Tischtuch war weiß, die Flaschen von jenem billigen Dunkelgrün, das bereits von vornherein die Gewöhnlichkeit ihres süffigen Inhalts plebejisch und übermütig anzukündigen scheint, und die sterbenden Kerzenreste goldgelb. Sie flackerten. Sie warfen unruhiges Licht über den Tisch und verursachten ebenso unruhige, gleichsam flackernde Schatten an den dunkelblau getünchten Wänden. Am Kopfende des Tisches saß Manes, der Fiaker, nicht mehr in seiner gewöhnlichen Fiakeruniform, nicht mehr in seinem Schafspelz mit Leibriemen und Ripsmütze, sondern in einem länglichen Lüsterrock und mit einem schwarzen Plüschkäppchen auf dem Kopf. Mein Vetter Joseph Branco trug seine gewohnte fette Lederjoppe und, aus Respekt vor seinem jüdischen Gastgeber, das grüne Tiroler Hütchen auf dem Kopf. Irgendwo zirpte schrill ein Heimchen.

„Jetzt müssen wir alle Abschied nehmen", begann Manes, der Fiaker. Und weit hellsichtiger als meine Freunde von den Neuner-Dragonern und dennoch von einem Gleichmut erfüllt, beinahe möchte ich sagen: geadelt, genauso wie von dem Tod, von dem jeder Mensch geadelt wird, der bereit und würdig ist, ihn zu empfangen, fuhr er also fort: „Es wird ein großer Krieg sein, ein langer, und wer von uns dreien zurückkommt, kann man nicht wissen. Zum letztenmal sitze ich hier neben meiner Frau vor dem Freitagsabendtisch, vor den Sabbatkerzen. Nehmen wir einen würdigen Abschied, meine Freunde: du, Branco, und Sie, Herr!" Und um einen wirklich würdigen Abschied zu feiern, beschlossen wir, in die Grenzschenke Jadlowkers zu gehen, alle drei.

XII

Die Grenzschenke Jadlowkers war immer offen, Tag und Nacht. Es war die Schenke der russischen Deserteure, jener Soldaten des Zaren also, die von den zahlreichen Agenten der amerikanischen Schiffahrtslinien durch Überredung, List und Drohung gezwungen wurden, die Armee zu verlassen und sich nach Kanada einzuschiffen. Freilich gab es viele, die freiwillig desertierten. Sie zahlten den Agenten sogar vom letzten Geld, das sie übrig hatten; sie oder ihre Verwandten. Die Grenzschenke Jadlowkers galt als ein sogenanntes verrufenes Lokal. Aber es war, wie in jener Gegend alle verrufenen Lokale, der ganz besonderen Gunst der österreichischen Grenzpolizei empfohlen, und gewissermaßen stand sie also gleichermaßen ebenso unter dem Schutz wie unter dem Verdacht der Behörden.

Als wir ankamen – wir waren stumm und bedrückt eine halbe Stunde gewandert –, war das große, rostbraune, doppelflügelige Tor schon geschlossen und sogar die Laterne, die davor hing, ausgelöscht. Wir mußten klopfen, und der Knecht Onufrij kam, uns zu öffnen. Ich kannte die Schenke Jadlowkers, ich war schon ein paarmal dort gewesen, ich kannte den üblichen Trubel, der dort zu herrschen pflegte, jene besondere Art von Lärm, den die plötzlich heimatlos Gewordenen verursachen, die Verzweifelten, alle jene, die eigentlich keine Gegenwart haben, sondern die gerade noch auf dem Weg aus der Vergangenheit in die Zukunft begriffen sind, aus einer vertrauten Vergangenheit in eine höchst ungewisse Zukunft, Schiffspassagieren in jenem Augenblick ähnlich, in dem sie vom festen Land aus in ein fremdes Schiff über einen schwankenden Steg schreiten.

Heute aber war es still. Ja, es war unheimlich still. Sogar der kleine Kapturak, einer der eifrigsten und lautesten Agenten, der all das viele, das er zu verbergen beruflich und von Natur gezwungen war, unter einer unheimlichen, geschäftigen Geschwätzigkeit zu verbergen pflegte, saßger, als er schon war, und also doppelt unscheinbar, ein schweigsamer Schatten seiner selbst. Vorgestern erst hatte er eine sogenannte „Schicht“ oder, wie man sich in seinem Beruf anders auszudrücken pflegte, eine „Ladung“ von Deserteuren über die Grenze gebracht, und jetzt klebte das Manifest des Kaisers an den Wänden, der Krieg war da, die mächtige Schiffsagentur selbst war ohnmächtig, der mächtige Donner der Weltgeschichte ließ den kleinen, geschwätzigen Kapturak verstummen, und ihr gewaltiger Blitz reduzierte ihn zu einem Schatten. Stumpf und stier saßen die Deserteure, die Opfer Kapturaks, vor ihren Gläsern, die nur halb geleert waren. Früher, sooft ich in die Schenke Jadlowkers gekommen war, hatte ich mit dem ganz besonderen Vergnügen eines jungen, leichtfertigen Menschen, der in den leichtsinnigen Ausdrucksformen der anderen, auch der Fremdesten, die legitime Bestätigung seiner eigenen Gewissenlosigkeit sieht, die Sorglosigkeit der soeben heimatlos Gewordenen beobachtet, die ein Glas nach dem anderen leerten und ein Glas nach dem anderen frisch bestellten. Der Wirt Jadlowker selbst saß hinter dem Schanktisch wie ein Unheilverkünder, zwar nicht ein Bote des Unheils, aber sein Träger; und er sah so aus, als hätte er gar nicht die geringste Lust gehabt, noch neue Gläser einzuschenken, selbst wenn seine Gäste es verlangt hätten. Was hatte dies alles noch für einen Sinn? Morgen, übermorgen konnten die Russen dasein. Der arme Jadlowker, der noch eine Woche früher so majestätisch dagesessen war, mit seinem silbernen Spitzbärtchen, eine Art Bürgermeister unter den Schankwirten, von der verschwiegenen Protektion der Behörden ebenso beschattet und gesichert wie von ihrem ehrenden Mißtrauen, sah heute aus wie ein Mensch, der seine ganze Vergangenheit liquidieren muß; ein Opfer der Weltgeschichte eben. Und die schwere, blonde Kassiererin neben ihm hinter der Theke war ebenfalls gleichsam von der Weltgeschichte gekündigt worden, zu einem kurzen Termin. Alles Private war auf einmal in den Bereich des Öffentlichen getreten. Es repräsentierte das Öffentliche, es vertrat und symbolisierte es. Deshalb war unser Abschied so verfehlt und so kurz. Wir tranken lediglich drei Glas Met, und wir aßen schweigsam gesalzene Erbsen dazu. Plötzlich sagte mein Vetter Joseph Branco: „Ich fahre gar nicht erst nach Sarajevo. Ich melde mich in Zloczow zusammen mit Manes!" – „Bravo!" rief ich. Und ich wußte dabei, daß auch ich gern getan hätte wie mein Vetter. Aber ich dachte an Elisabeth.

XIII

Ich dachte an Elisabeth. Ich hatte nur zwei Gedanken, seitdem ich das Manifest des Kaisers gelesen hatte: den an den Tod und den an Elisabeth. Ich weiß heute noch nicht, welcher von beiden der stärkere war.

Verschwunden und vergessen waren im Angesicht des Todes alle meine törichten Befürchtungen vor dem törichten Spott meiner Freunde. Ich empfand auf einmal Mut, zum erstenmal in meinem Leben hatte ich Mut, meine sogenannte „Schwäche" zu bekennen. Ich ahnte freilich schon, daß der leichtfertige Übermut meiner Wiener Freunde dem schwarzen Glanz des Todes gewichen sein würde und daß es in der Stunde des Abschieds, eines solchen Abschieds, keinen Platz für irgendeinen Hohn mehr geben könnte.

Ich hätte mich auch beim Ergänzungsbezirkskommando Zloczow melden können, wohin der Fiaker Manes zuständig war und zu dem sich auch mein Vetter Joseph Branco begeben wollte. In Wirklichkeit lag es in meiner Absicht, Elisabeth und meine Wiener Freunde und meine Mutter zu vergessen und mich so schnell wie möglich der nächsten Station des Todes auszuliefern, nämlich dem Ergänzungsbezirkskommando Zloczow. Denn ein starkes Gefühl band mich an meinen Vetter Joseph Branco wie an seinen Freund, den Fiaker Manes Reisiger. In der Nähe des Todes wurden meine Gefühle redlicher, gleichsam reinlicher, ähnlich, wie sich manchmal vor einer schweren Krankheit plötzlich die klaren Einsichten und Erkenntnisse einstellen, dermaßen, daß man trotz der Angst, der Bedrängtheit und der würgenden Vorahnung des Leidens eine Art stolzer Genugtuung darüber empfindet, daß man endlich einmal erkannt hat; das

Glück, das man durch Leiden erkannt hat, und eine Seligkeit, weil man den Preis der Erkenntnis im voraus erfährt. Man ist sehr glücklich in der Krankheit. Ich war damals ebenso glücklich, in Anbetracht der großen Krankheit, die sich in der Welt ankündigte: nämlich der des Weltkriegs. Ich durfte gleichsam allen meinen Fieberträumen, die ich sonst unterdrückt hatte, freien Lauf lassen. Ich war ebenso befreit wie gefährdet.

Ich wußte bereits, daß mir mein Vetter Joseph Branco und sein Freund Manes Reisiger lieber waren als alle meine früheren Freunde, mit Ausnahme des Grafen Chojnicki. Man stellte sich damals den Krieg sehr einfach und ziemlich leichtfertig vor. Wenigstens gehörte ich zu jenen nicht seltenen Leuten, die glaubten, wir würden nach Garnisonen aufmarschieren, womöglich geschlossen, und wenn nicht nebeneinander, so doch in einer einigermaßen erreichbaren Nähe bleiben. Ich stellte mir vor, ich wünschte es mir, daß ich in der Nähe meines Vetters Joseph Branco und in der seines Freundes, des Fiakers Manes, bleibe.

Aber es war keine Zeit zu verlieren. Überhaupt bestand in jenen Tagen die Bedrängnis, ja die Bedrängung, in der Tatsache, daß wir keine Zeit mehr hatten: keine Zeit mehr, den geringen Raum zu genießen, den uns noch das Leben ließ, und auch nicht einmal die Zeit mehr, den Tod zu erwarten. Wir wußten ja damals eigentlich nicht mehr, ob wir uns den Tod ersehnten oder das Leben erhofften. Für mich und meinesgleichen waren es damals jedenfalls die Stunden der höchsten Lebensspannung: jene Stunden, in denen der Tod einem nicht erschien wie ein Abgrund, in den man eines Tages stürzt, sondern wie ein jenseitiges Ufer, das man durch einen Sprung zu erreichen trachtet; und man weiß, wie lange die Sekunden dauern, die dem Sprung an ein jenseitiges Ufer vorangehn.

Ich ging zuerst, wie selbstverständlich, nach Hause zu meiner Mutter. Sie hatte offenbar kaum noch erwartet, mich wiederzusehn, aber sie tat so, als hätte sie mich erwartet. Es ist eines der Geheimnisse der Mütter: Sie verzichten niemals, ihre Kinder wiederzusehn, ihre totgeglaubten nicht und auch nicht ihre wirklich toten; und wenn es möglich wäre, daß ein totes Kind wiederauferstünde vor seiner Mutter, würde sie es in ihre

Arme nehmen, so selbstverständlich, als wäre es nicht aus dem Jenseits, sondern aus einer der fernen Gegenden des Diesseits heimgekehrt. Eine Mutter erwartet die Wiederkehr ihres Kindes immer: ganz gleichgültig, ob es in ein fernes Land gewandert ist, in ein nahes oder in den Tod.

Also empfing mich auch meine Mutter, als ich ankam, gegen die zehnte Stunde vormittags. Wie gewöhnlich saß sie da, im Lehnstuhl, vor dem eben beendeten Frühstück, die Zeitung vor dem Angesicht und die altmodische Brille mit den oval geformten, stahlgeränderten Gläsern vor den Augen. Sie nahm die Brille ab, als ich ankam, aber sie ließ die Zeitung kaum sinken. „Küß die Hand, Mama!“ sagte ich, ging auf sie zu und nahm ihr die Zeitung aus der Hand. Ich fiel geradezu in ihren Schoß. Sie küßte mich auf den Mund, die Wangen, die Stirn. „Jetzt ist Krieg“, sagte sie, als hätte sie mir damit eine Neuigkeit mitgeteilt; oder als wäre für sie der Krieg erst in dem Augenblick ausgebrochen, in dem ich nach Hause gekommen war, um von ihr, meiner Mutter, Abschied zu nehmen.

„Jetzt ist Krieg, Mama“, antwortete ich, „und ich bin gekommen, um Abschied von dir zu nehmen.“ – „Und auch“, fügte ich nach einer Weile hinzu, „um Elisabeth zu heiraten, bevor ich in den Krieg gehe.“

„Wozu heiraten“, fragte meine Mutter, „wenn du ohnehin in den Krieg gehst?“ Auch hier noch sprach sie, wie eine Mutter spricht. Wenn sie ihr Kind – ihr einziges übrigens – in den Tod ziehen lassen mußte, so wollte sie es allein dem Tod überliefern. Weder den Besitz noch den Verlust wollte sie mit einer anderen Frau teilen. Seit langem schon mochte sie geahnt haben, daß ich Elisabeth liebte. (Sie kannte sie wohl.) Seit langem schon mochte meine Mutter bereits gefürchtet haben, daß sie eines Tages ihren einzigen Sohn verlieren würde – an eine andere Frau –, was ihr vielleicht beinahe noch schlimmer erschien, als ihn an den Tod zu verlieren. „Mein Kind“, sagte sie, „du bist selbst imstande und allein berechtigt, über dein Schicksal zu entscheiden. Du willst heiraten, bevor du in den Krieg gehst; ich versteh's. Ich bin kein Mann, ich habe nie einen Krieg gesehn, ich kenne kaum das Militär. Aber ich weiß, daß der Krieg etwas Schreckliches ist und daß er dich vielleicht umbringen wird. Dies ist die Stunde, in der ich dir die Wahrheit sagen kann. Ich mag Elisabeth nicht leiden. Ich hätte dich auch unter andern Umständen nicht gehindert, sie zu heiraten. Aber ich hätte dir niemals die Wahrheit gesagt. Heirate und werde glücklich, wenn es dir die Umstände erlauben. Und Schluß damit! Reden wir von anderen Dingen: Wann rückst du ein? Und wo?“

Zum erstenmal in meinem Leben war ich vor meiner Mutter verlegen, ja winzig. Ich konnte ihr nichts anderes antworten als dieses kümmerliche: „Ich komme bald wieder, Mama!“, das mir heute noch wie eine Lästerung nachklingt.

„Komm zu Mittag, Bub“, sagte sie, als ob gar nichts sonst in der Welt los wäre und wie sie es immer schon ähnlich gesagt hatte, „wir haben heut Schnitzel und Zwetschkenknödel zu Mittag.“

Es war für mich eine großartige Manifestation der Mütterlichkeit: dieser plötzliche Einbruch der friedlichen Zwetschkenknödel in die Bereitschaft des Todes sozusagen. Ich hätte vor Rührung in die Knie fallen mögen. Aber ich war zu jung noch damals, um Rührung ohne Scham zeigen zu können. Und seit jener Stunde weiß ich es auch, daß man ganz reif und zumindest sehr erfahren sein muß, um Gefühl zeigen zu können, ohne eine Hemmung der Scham.

Ich küßte meiner Mutter die Hand wie gewohnt. Ihre Hand – ich werde sie niemals vergessen – war zart, schlank, blau geädert. Durch die dunkelroten, seidenen Vorhänge, zärtlich gedämpft, strömte das Licht des Vormittags in das Zimmer, wie ein stiller, gleichsam zeremoniell verkleideter Gast. Auch die ganz blasse Hand meiner Mutter schimmerte rötlich, in einer Art schamhaften Scharlachs, eine geweihte Hand in einem durchsichtigen Handschuh aus gefilterter Vormittagssonne. Und das zaghaft herbstliche Zirpen der Vögel in unserem Garten war mir beinahe so heimisch und gleichzeitig beinahe so fremd wie die vertraute, vom Rot verschleierte Hand meiner Mutter.

„Ich habe keine Zeit zu verlieren“, sagte ich nur.

Ich ging zum Vater meiner geliebten Elisabeth.

XIV

Der Vater meiner geliebten Elisabeth war in jener Zeit ein wohlbekannter, man kann wohl sagen, berühmter Hutmacher. Er war aus einem gewöhnlichen „Kaiserlichen Rat“ ein nicht ungewöhnlicher ungarischer Baron geworden. Die geradezu skurrilen Sitten der alten Monarchie erforderten manchmal, daß Kommerzialräte österreichischer Provenienz ungarische Barone werden.

Der Krieg kam meinem zukünftigen Schwiegervater durchaus gelegen. Er war bereits zu alt, um noch einrücken zu müssen, und jung genug, um aus einem seriösen Hutfabrikanten ein hurtiger Hersteller jener Soldatenkappen zu werden, die so viel mehr einbringen und so viel weniger kosten als die Zylinder.

Es war mittags, vom Rathaus schlug es eben zwölf Uhr, als ich bei ihm eintrat, und er war gerade von einem für ihn heiter verlaufenen Besuch im Kriegsministerium zurückgekehrt. Er hatte den Auftrag auf eine halbe Million Soldatenkappen bekommen. Auf diese Weise, so sagte er mir, könne er, der alternde, hilflose Mann, immerhin noch dem Vaterlande dienen. Dabei strählte er mit beiden Händen immerzu seinen graublonden Backenbart, es war, als wollte er gleichsam die beiden Hälften der Monarchie liebkosen, die zis- wie die transleithanische. Er war groß, kräftig und schwerfällig. Er erinnerte mich an eine Art sonnigen Lastträger, der die Bürde auf sich genommen hatte, eine halbe Million Kappen herzustellen, und den diese Bürde weit eher zu erleichtern als zu belasten schien. „Sie rücken also natürlich ein!“ sagte er mit einer geradezu belustigten Stimme. „Ich glaube annehmen zu können, daß meine Tochter Sie vermissen wird.“

In diesem Augenblick fühlte ich, daß es mir unmöglich sein würde, bei ihm um die Hand seiner Tochter anzuhalten. Und mit jener Überstürzung, mit der man versucht, das Unmögliche dennoch möglich zu machen, und mit jener Hast, zu der mich der immer näher heranrückende Tod zwang, die ganze Intensität meines elenden

Lebensrestes auszukosten, sagte ich dem Hutmacher, unartig und ungeduldig: „Ich muß sofort Ihr Fräulein Tochter sehen."

„Junger Freund", erwiderte er, „ich weiß, Sie wollen um ihre Hand anhalten. Ich weiß, daß Elisabeth nicht nein sagen wird. Also nehmen Sie vorläufig die meine, und betrachten Sie sich als meinen Sohn!"

Damit streckte er mir seine große, weiche und viel zu weiße Hand entgegen. Ich nahm sie und hatte die Empfindung, eine Art von trostlosem Teig anzurühren. Es war eine Hand ohne Druck und ohne Wärme. Sie strafte sein Wort vom „Sohn" Lügen, sie widerrief es sogar.

Elisabeth kam, und der Hutmacher ersparte mir alle Worte: „Herr Trotta geht in den Krieg", sagte mein Schwiegervater – so, als hatte er sagen wollen: Er fährt zur Erholung an die Riviera –, „und er möchte dich vorher heiraten." Er sprach in dem gleichen Tonfall, in dem er eine Stunde vorher im Kriegsministerium mit dem Uniformreferenten über die Kappen gesprochen haben mochte. Aber Elisabeth war da. Ihr Lächeln war da, es schimmerte gleichsam vor ihr daher, mir entgegen, ein Licht, aus ihr geboren und anscheinend ein ewiges, sich selbst immer wieder erneuerndes, ein silbernes Glück, das zu klingeln schien, obwohl es lautlos war.

Wir umarmten uns. Wir küßten uns zum erstenmal, heiß, schamlos fast, trotz der Aufmerksamkeit des Vaters, ja vielleicht sogar noch mit dem wonnig-frevlerischen Bewußtsein, einen Zeugen unserer Verschwiegenheit daneben zu wissen. Ich gab mich preis. Ich hatte keine Zeit. Der Tod stand schon hinter meinem Rücken. Ich war schon sein Kind, mehr noch als der Sohn des Hutmachers. Ich mußte zu meinen Einundzwanzigern in die Landstraßer Hauptstraße. Ich eilte hinaus, unmittelbar aus der Umarmung zum Militär; aus der Liebe zum Untergang. Beides genoß ich mit der gleichen Stärke des Herzens. Ich rief einen Fiaker und rollte in die Kaserne.

Ich traf ein paar Freunde und Kameraden dort. Einige von ihnen kamen, wie ich, direkt aus der Umarmung.

XV

Direkt aus den Umarmungen kamen sie, und es war ihnen so, als hätten sie die wichtigsten Kriegspflichten bereits erfüllt. Die Trauungen waren festgesetzt. Jeder von ihnen hatte irgendein Mädchen zu heiraten, selbst wenn es nicht eine standesgemäße Braut war, sondern eine zufällige, wie sie unsereinem in jenen Zeiten aus unbekannten Gegenden, aus unerforschlichen Gründen häufig zugeflogen kamen, Nachtfaltern ähnlich, durch offene Fenster in sommerlichen Nächten auf Tisch und Bett und Kaminsims flatternd, flüchtig, leichtfertig, hingebungsvoll, samtene Geschenke einer großzügigen, kurzen Nacht. Jeder von uns hätte sich gewiß, wenn nur der Friede weiterbestanden hätte, gegen eine gesetzliche Bindung an eine Frau gesträubt. Nur Thronfolger mußten damals rechtmäßig heiraten. Unsere Väter waren mit dreißig Jahren bereits recht würdevolle, oft kinderreiche Familien- und Hausbeherrscher gewesen. In uns aber, dem seit Geburt krieggeweihten Geschlecht, war der Fortpflanzungstrieb sichtbar erloschen. Wir hatten keinerlei Lust, uns fortzusetzen. Der Tod kreuzte seine knöchernen Hände nicht nur über den Bechern, aus denen wir tranken, sondern auch über den nächtlichen Betten, in denen wir mit Frauen schliefen. Und deshalb eben waren unsere Frauen damals auch so zufällig. Uns lag nicht einmal viel an der Lust, die uns Lust bescherte.

Nun aber, da der Krieg uns plötzlich zu den Ergänzungsbezirkskommandos berief, war es nicht der Gedanke an den Tod, den er zuerst in uns erzeugte, sondern der an die Ehre und seine Schwester, die Gefahr. Auch das Ehrgefühl ist ein Betäubungsmittel – und in uns betäubte es die Furcht und alle bösen Ahnungen. Wenn Sterbenskranke ihre Testamente machen und ihre irdischen Angelegenheiten ordnen, so mag sie wohl ein Schauder heimsuchen. Aber wir waren ja jung und gesund an allen Gliedern! Wir empfanden keinen Schauder, keinen wirklichen, es gefiel uns nur, es schmeichelte uns, ihn in den Zurückbleibenden hervorzurufen. Ja, aus Eitelkeit machten wir Testamente; aus Eitelkeit ließen wir uns hurtig trauen, in einer Eile, die eine Überlegung oder gar eine Reue von vornherein ausschaltete. Die

Trauung ließ uns noch edler erscheinen, als wir allein schon durch unser Blutopfer waren. Sie machte uns den Tod, den wir zwar fürchteten, aber jedenfalls einer lebenslänglichen Bindung vorzogen, weniger gefährlich und häßlich. Wir schnitten uns gewissermaßen den Rückzug ab. Und jener erste unvergeßliche und stürmische Elan, mit dem wir in die ersten unseligen Schlachten zogen, war sicherlich von der Angst vor einer Rückkehr in ein „häusliches Leben" genährt, vor Möbeln, die gichtig werden, vor Frauen, die den Reiz verlieren, vor Kindern, die lieblich wie Engel zur Welt kommen und sich zu fremden, gehässigen Wesen auswachsen. Nein, dies alles wollten wir nicht. Die Gefahr war sowieso unvermeidlich. Aber um sie uns zu versüßen, ließen wir uns trauen. Und also waren wir gewappnet, ihr entgegenzugehen, wie einer noch unbekannten, aber bereits freundlich winkenden Heimat ...

Dennoch, und obwohl ich wußte, daß ich genauso fühlte wie meine Kameraden, der Fähnrich in der Reserve Bärenfels, der Leutnant Hartmann, der Oberstleutnant Linck, der Baron Lerch und der Kadettaspirant Dr. Brociner, erschienen sie mir alle, wie ich sie hier aufzähle, verglichen mit meinem Vetter Joseph Branco und mit seinem Freund, dem jüdischen Fiaker Manes Reisiger, oberflächlich, leichtsinnig, unkameradschaftlich, stupide und weder des Todes würdig, dem sie eben entgegengingen, noch der Testamente und Trauungen, die sie zu arrangieren im Begriffe waren. Ich liebte meine Einundzwanziger-Jäger, gewiß! Die alte kaiser- und königliche Armee kannte einen eigenen Patriotismus, einen Regionalpatriotismus, einen Regiments- und Bataillonspatriotismus. Mit dem Zugsführer Marek, mit dem Korporal Türling, mit dem Gefreiten Alois Huber war ich während meiner Dienstzeit und später in den alljährlichen Manövern militärisch aufgewachsen. Und man wächst beim Militär gleichsam noch einmal: Wie man etwa als Kind gehen lernt, so lernt man als Soldat marschieren. Niemals vergißt man die Rekruten, die zu gleicher Stunde mit einem das Marschieren erlernt haben, das Gewehrputzen und die Gewehrgriffe, das Packen des Tornisters und das vorschriftsmäßige Zusammenfalten der Decke, das Mantelrollen und das Stiefelputzen und den Nachtdienst,

Dienstreglement Teil zwei, und die Definitionen: Subordination und Disziplin, Dienstreglement erster Teil. Niemals vergißt man dies und die Wasserwiese, auf der man laufen gelernt hat, mit angezogenen Ellbogen, und im Spätherbst die Gelenksübungen, im grauen Nebel, der um die Bäume ging und jede Tanne in eine blaugraue Witwe verwandelte und die Lichtung vor unseren Blicken, auf der bald, nach der Zehn-Uhr-Rast, die Feldübungen beginnen sollten, die idyllischen Vorboten des roten Krieges. Nein, das vergißt man nicht. Die Wasserwiese der Einundzwanziger war meine Heimat.

Aber meine Kameraden waren so heiter! Wir saßen in dem kleinen Gasthaus, das eigentlich keines gewesen war, von Anfang an, von Geburt sozusagen. Es hatte sich vielmehr im Laufe der langen, undenklich langen Jahre, in denen unsere Kaserne, die Kaserne der Einundzwanziger-Jäger, heimisch und vertraut in dieser Gegend geworden war, aus einem gewöhnlichen Laden, in dem man Passepoils, Sterne, Einjährigenstreifen, Rosetten und Schuhbänder kaufen konnte, zu einem Gasthaus entwickelt. Die sogenannten „Posamentierstücke“ lagen noch in den Fächern hinter der Theke. Es roch immer noch in dem Halbdunkel des Ladens weit eher nach den Pappschachteln, in denen die Sterne lagerten, die aus weißem Kautschuk, die aus goldener Seide, und die Rosetten für Militärbeamte und die Portepees, die wie gebündelte goldene Rieselregen aussahen, als nach Apfelmost, Schnaps und älterem Gumpoldskirchner. Vor dem Ladentisch waren drei, vier kleine Tischchen aufgestellt. Sie stammten noch aus unserer Jugendzeit, aus unserer Einjährigenzeit. Damals hatten wir die Tischchen angekauft, und die Konzession, Alkohol auszuschenken, hatte der Inhaber des Ladens, der Posamentierer Zinker, lediglich dank der Fürsprache unseres Bataillonskommandanten, des Majors Pauli, bekommen. Zivilisten durften allerdings beim Posamentierer nicht trinken! Die Konzession bezog sich lediglich auf Militärpersonen.

Wir saßen nun wieder zusammen im Posamentiererladen wie einst in Einjährigenzeiten. Und gerade die Unbekümmertheit meiner Kameraden, mit der sie heute dem bevorstehenden Sieg ebenso zujubelten, wie sie vor

Jahren der nahenden Offiziersprüfung entgegengetrunken hatten, beleidigte mich tief. Damals mochte in mir die prophetische Ahnung sehr stark gewesen sein, die Ahnung, daß diese meine Kameraden wohl imstande seien, eine Offiziersprüfung zu bestehen, keineswegs aber einen Krieg. Zu sehr verwöhnt aufgewachsen waren sie in dem von den Kronländern der Monarchie unaufhörlich gespeisten Wien, harmlose, beinahe lächerlich harmlose Kinder der verzärtelten, viel zu oft besungenen Haupt- und Residenzstadt, die, einer glänzenden, verführerischen Spinne ähnlich, in der Mitte des gewaltigen schwarzgelben Netzes saß und unaufhörlich Kraft und Saft und Glanz von den umliegenden Kronländern bezog. Von den Steuern, die mein armer Vetter, der Maronibrater Joseph Branco Trotta aus Sipolje, von den Steuern, die mein elendiglich lebender jüdischer Fiaker Manes Reisiger aus Zlotogrod bezahlte, lebten die stolzen Häuser am Ring, die der baronisierten jüdischen Familie Todesco gehörten, und die öffentlichen Gebäude, das Parlament, der Justizpalast, die Universität, die Bodenkreditanstalt, das Burgtheater, die Hofoper und sogar noch die Polizeidirektion. Die bunte Heiterkeit der Reichs-, Haupt- und Residenzstadt nährte sich ganz deutlich – mein Vater hatte es so oft gesagt – von der tragischen Liebe der Kronländer zu Österreich: der tragischen, weil ewig unerwiderten. Die Zigeuner der Pußta, die subkarpatischen Huzulen, die jüdischen Fiaker von Galizien, meine eigenen Verwandten, die slowenischen Maronibrater von Sipolje, die schwäbischen Tabakpflanzer aus der Bacska, die Pferdezüchter der Steppe, die osmanischen Sibersna, jene von Bosnien und Herzegowina, die Pferdehändler aus der Hanakei in Mähren, die Weber aus dem Erzgebirge, die Müller und Korallenhändler aus Podolien: sie alle waren die großmütigen Nährer Österreichs; je ärmer, desto großmütiger. So viel Weh, so viel Schmerz, freiwillig dargeboten, als wäre es selbstverständlich, hatten dazu gehört, damit das Zentrum der Monarchie in der Welt gelte als die Heimat der Grazie, des Frohsinns und der Genialität. Unsere Gnade wuchs und blühte, aber ihr Feld war gedüngt von Leid und von der Trauer.

Ich dachte, während wir so beim Posamentierer saßen, an Manes Reisiger und an Joseph Branco. Diese beiden: sie wollten gewiß nicht so graziös in den Tod, in einen graziösen Tod gehen wie meine Bataillonskameraden. Und ich auch nicht; ich auch nicht! Wahrscheinlich war ich in jener Stunde der einzige, der die finstere Wucht des Kommenden fühlte, zum Unterschied und also im Gegensatz zu meinen Kameraden. Deshalb also stand ich plötzlich auf und sagte zu meiner eigenen Überraschung folgendes:

„Meine Kameraden! Ich habe euch alle sehr lieb, so, wie es sein soll, immer unter Kameraden, insbesondere aber eine Stunde vor dem Tode." – Hier konnte ich nicht mehr weiter. Das Herz stockte, die Zunge versagte. Ich erinnerte mich an meinen Vater – und Gott verzeih' mir die Sünde! –: ich log. Ich log meinem toten Vater etwas an, was er niemals wirklich gesagt hatte, was er aber wirklich gesagt haben konnte. Ich fuhr also fort: „Es war einer der letzten Wünsche meines Vaters, daß ich im Falle eines Krieges, den er wohl in allernächster Zeit vorausgesehen hatte, nicht mit euch zu unseren teueren Einundzwanzigern einrücke, sondern in ein Regiment, wo mein Vetter Joseph Branco dient."

Sie schwiegen alle. Niemals in meinem Leben hatte ich solch ein Schweigen vernommen. Es war, als hätte ich ihnen ihre leichtfertige Freude am Kriege geraubt; ein Spielverderber: ein Kriegsspielverderber.

Deutlich empfand ich, daß ich hier nichts mehr zu suchen hatte. Ich erhob mich und reichte allen die Hand. Ich fühle heute noch die kalten, enttäuschten Hände meiner Einundzwanziger. Sehr weh tat es mir. Aber ich wollte mit Joseph Branco zusammen sterben, mit Joseph Branco, meinem Vetter, dem Kastanienbrater, und mit Manes Reisiger, dem Fiaker von Zlotogrod, und nicht mit Walzertänzern.

So verlor ich zum erstenmal meine erste Heimat, nämlich die Einundzwanziger, mitsamt unserer geliebten Wasserwiese im Prater.

XVI

Ich mußte nun Chojnickis Freund, den Oberstleutnant Stellmacher vom Kriegsministerium, besuchen. Meine Transferierung zur Landwehr 35 sollte nicht länger dauern als etwa die Vorbereitungen für meine Trauung. Es war mir lieb, daß ich zwei verschiedene und auch verwirrende Demarchen fast gleichzeitig unternehmen durfte. Eine beschleunigte gleichsam die andere. Beide betäubten mich geradezu, verhinderten mich jedenfalls zugleich, meine Hast mit entscheidenden Gründen zu rechtfertigen. Ich wußte in jenen Stunden nichts anderes, als daß eben „alles schnell gehen müsse". Ich wollte auch nicht ganz genau wissen, warum und zu welchen Zwecken. Aber tief in mir rieselte schon, feinem Regen ähnlich, den man durch den Schlaf vernimmt, die Ahnung, daß meine Freunde, Joseph Branco und Reisiger, irgendwo durch die schlammigen Landstraßen Ostgaliziens westwärts dahinzogen, von den Kosaken verfolgt. Wer weiß, vielleicht waren sie schon verwundet oder tot? Gut, dann wollte ich wenigstens ihr Andenken auf diese Weise ehren, daß ich in ihrem Regiment diente. Jung war ich, und auch vom Krieg hatten wir ja noch keine Ahnung! Wie leicht verfiel ich damals der Vorstellung, daß mir die Aufgabe zufalle, den braven Fünfunddreißigern von ihrem toten Kameraden Trotta und Reisiger wahre und auch ein wenig erfundene Anekdoten zu erzählen, damit man der beiden nie und nimmer vergesse. Gute, arme Bauern dienten bei den Fünfunddreißigern, Feldwebel mit ärarischem Deutsch, das ihren slawischen Muttersprachen angesetzt war wie die Distinktionen den Aufschlägen, goldgelbe Borten auf dunkelgrünen, winzigen Feldern, und die Offiziere waren nicht die verwöhnten Kinder unserer frohlebigen Wiener Gesellschaft, sondern Söhne von Handwerkern, Briefträgern, Gendarmen und Landwirten und Pächtern und Tabaktrafikanten. Unter ihnen aufgenommen zu werden war damals für mich ungefähr soviel, wie für den oder jenen unter ihnen etwa eine Transferierung zu den Neuner-Dragonern Chojnickis bedeuten mochte. Es war eine jener Vorstellungen gewiß, die man geringschätzig „romantisch" nennt. Nun, weit davon entfernt, mich etwa ihrer zu schämen, bestehe ich heute noch darauf, daß mir diese Zeit meines

Lebens der romantischen Vorstellungen die Wirklichkeit nähergebracht hat als die seltenen unromantischen, die ich mir gewaltsam aufzwingen mußte: Wie töricht sind doch diese überkommenen Bezeichnungen! Will man sie schon gelten lassen – nun wohl: ich glaube, immer beobachtet zu haben, daß der sogenannte realistische Mensch in der Welt unzugänglich dasteht, wie eine Ringmauer aus Zement und Beton, und der sogenannte romantische wie ein offener Garten, in dem die Wahrheit nach Belieben ein und aus geht …

Ich mußte also zum Oberstleutnant Stellmacher. In unserer alten Monarchie war eine Transferierung vom Heer zur Landwehr, auch nur von den Jägern zur Infanterie, eine Art militärischer Staatsakt, nicht schwieriger, aber verwickelter als die Besetzung eines Divisionskommandos. Dennoch bestanden in meiner verschollenen Welt, in der alten Monarchie eben, die kostbaren, die köstlichen, die ungeschriebenen, die unbekannten, unzugänglichen, den Eingeweihten wohlvertrauten Gesetze eherner und ewiger als die geschriebenen, die da besagten, daß von hundert Petenten lediglich bestimmte sieben günstig, schnell und geräuschlos ihre Wünsche erfüllt sehen sollten. Die Barbaren der absoluten Gerechtigkeit, ich weiß es, sind darüber heute noch empört. Sie schelten uns Aristokraten und Ästheten, jetzt noch; und ich sehe ja jede Stunde, wie sie, die Nicht-Aristokraten und Anti-Ästheten, den Barbaren der stupiden, plebejischen Ungerechtigkeit, ihren Brüdern, den Weg geebnet haben. Es gibt auch eine Drachensaat der absoluten Gerechtigkeit.

Aber ich hatte ja damals auch gar keine Lust und keine Muße nachzudenken, wie gesagt. Ich ging zum Stellmacher, geradewegs durch den Korridor, in dem Hauptleute, Majore, Oberste warteten, geradewegs durch jene Tür, auf der „Eintritt verboten“ stand – ich, ein kümmerlicher, schmächtiger Fähnrich der Jäger. „Servus!“ sagte Stellmacher, über Papieren gebeugt sitzend, bevor er mich noch erblickt hatte. Er wußte wohl, wie vertraulich man die Leute zu begrüßen hatte, die durch verbotene Eingänge hereingekommen waren. Ich sah seine harten grauen Borstenhaare, die gelbliche, tausendfach zerknitterte Stirn, die winzigen, tiefliegenden Augen, die keine Lider zu haben schienen, die hageren, knochigen Wangen und den großen, herabhängenden, schwarzgefärbten, fast sarazenischen Schnurrbart, in dem Stellmacher seine ganze Eitelkeit angesiedelt zu haben schien, damit sie ihn gleichsam nicht mehr sonst (weder im Leben noch im Beruf) noch störe. Das letztemal hatte ich ihn in der Konditorei Dehmel gesehen, am Nachmittag um fünf Uhr, mit dem Hofrat Sorgsam vom Ballhausplatz. Wir hatten noch nicht die geringste Ahnung vom Krieg, der Mai, der städtische Wiener Mai, schwamm in den kleinen, silbergeränderten „Schalen Gold", schwebte über dem Gedeck, den schmalen, schwellend gefüllten Schokoladestangen, den rosa und grünen Cremeschnittchen, die an seltsame, eßbare Kleinodien erinnerten, und der Hofrat Sorgsam sagte, mitten in den Mai hinein: „Es gibt kan Krieg, meine Herren!" – Zerstreut sah jetzt der Oberstleutnant Stellmacher von seinen Papieren auf; er sah nicht einmal mein Gesicht, bemerkte nur Uniform, Portepee, Säbel, genug, um noch einmal „Servus!" zu sagen und gleich darauf: „Setz dich, ein Moment!" Schließlich sah er mich genau an: „Fesch bist du!" und „Hätt' dich nicht erkannt! In Zivil schaust halt etwas knieweich aus!" – Aber es war nicht die sonore, tiefe Stimme Stellmachers, die ich seit Jahren kannte – und auch sein Witz war gezwungen. Noch niemals vorher war ein leichtfertiges Wort aus Stellmachers Mund gekommen. Im glänzenden Gestrüpp des schwarzgefärbten Schnurrbarts hätte es sich sonst verfangen, um dort lautlos unterzugehen.

Ich trug schnell meine Angelegenheit vor. Ich versuchte auch zu erklären, weshalb ich zu den Fünfunddreißigern wollte. „Wenn du sie nur noch findest!" sagte Stellmacher. „Schlimme Nachrichten! Zwei Regimenter fast aufgerieben, Rückzug katastrophal. Unsere Herren Oberidioten haben uns schon präpariert. Aber gut! Geh hin, schau, daß du sie findest, deine Fünfunddreißiger! Kauf dir zwei Sterndl. Du wirst als Leutnant transferiert. Servus! Abtreten!" Er reichte mir die Hand über den Schreibtisch. Seine hellen, fast liderlosen Augen, von denen man nicht glaubte, daß sie jemals Schlaf, Schlummer, Müdigkeit unterjochen, sahen mich an, fern, fremd, aus einer gläsernen Weite, keineswegs traurig, nein, trauriger als traurig, nämlich hoffnungslos. Er versuchte zu lächeln. Sein großes falsches Gebiß schimmerte doppelt weiß unter seinem sarazenischen Schnurrbart. „Schreib mal eine Ansichtskarte!“ sagte er und beugte sich wieder über die Papiere.

XVII

Die Pfarrer arbeiteten in jenen Tagen ebenso schnell wie die Bäcker, Waffenschmiede, die Eisenbahndirektionen, die Kappenmacher und die Uniformschneider. Wir sollten in der Döblinger Kirche heiraten, der Mann lebte noch, der meine Braut dort getauft hatte, und mein Schwiegervater war sentimental, wie die meisten Heereslieferanten. Mein Geschenk war eigentlich das Geschenk meiner Mutter. Ich hatte gar nicht daran gedacht, daß Brautgeschenke unumgänglich notwendig seien. Als ich zum Essen kam, die Knödel hatte ich auch bereits vergessen, saß meine Mutter schon am Tisch. Wie gewohnt, küßte ich ihre Hand, küßte sie meine Stirn. Dem Diener trug ich auf, mir dunkelgrüne Aufschläge und Leutnantssterne bei Urban in den Tuchlauben zu verschaffen. „Du wirst versetzt?“ fragte meine Mutter. „Ja, Mama, zu den Fünfunddreißigern!“ – „Wo stehen die?“ – „In Ostgalizien.“ – „Fährst du morgen?“ – „Übermorgen!“ – „Morgen ist die Trauung?“ – „Ja, Mama!“

Es war Sitte in unserem Hause, während des Essens die Speisen zu loben, auch wenn sie mißraten waren, und von nichts anderem zu sprechen. Auch durfte das Lob keineswegs etwa banal sein, eher schon kühn und weit hergeholt. So sagte ich zum Beispiel, das Fleisch erinnere mich an ein ganz bestimmtes, das ich vor sechs oder acht Jahren, ebenfalls an einem Dienstag, gegessen hätte, und das Dillenkraut sei geradezu, heute wie damals, mit dem Beinfleisch vermählt. Völlige Sprachlosigkeit spielte ich vor den Zwetschkenknödeln: „Bitte genau die gleichen, sobald ich zurück bin“, sagte ich zu Jacques. „Wie befohlen, junger Herr!“ sagte der Alte. Meine Mutter erhob sich, noch vor dem Kaffee, eine ungewöhnliche Handlung. Sie brachte aus ihrem Kabinett zwei dunkelrote, saffianlederne Etuis, die ich oft gesehen, bewundert und nach deren Gehalt zu fragen ich mich niemals getraut hatte. Neugierig war ich zwar immer gewesen, aber zugleich auch selig darüber, zwei unzugängliche Geheimnisse in meiner Nähe zu wissen. Jetzt endlich sollten sie mir enthüllt werden. Das eine, kleinere Etui enthielt das Bild meines Vaters in Email, von einem schmalen Goldstreifen umrahmt. Sein großer Schnurrbart, seine schwarzen, glühenden, fast fanatischen Augen, die schwere, vielfach und sorgsam gefältelte Krawatte um den überaus hohen Stehkragen machten ihn mir fremd. Vor meiner Geburt mochte er so ausgesehen haben. So war er meiner Mutter lebendig, lieb und vertraut. Ich bin blond, blauäugig, meine Augen waren immer eher skeptische, traurige, wissende Augen, niemals gläubige und fanatische. Aber meine Mutter sagte: „Du bist genau wie er, nimm das Bild mit dir!" Ich dankte und bewahrte es. Meine Mutter war eine kluge, klarsichtige Frau. Nun wurde mir's klar, daß sie mich niemals ganz genau gesehen hatte. Sie konnte mich gewiß inständig lieben. Sie liebte den Sohn ihres Mannes, nicht ihr Kind. Sie war eine Frau. Ich war der Erbe ihres Geliebten; seinen Lenden schicksalshaft entsprossen; ihrem Schoß nur zufällig.

Sie öffnete das zweite Etui. Auf schneeweißem Samt lag ein violetter, großer, sechskantig geschliffener Amethyst, gehalten von einer zart geflochtenen goldenen Kette, mit der verglichen der Stein allzu wichtig erschien, gewalttätig fast. Es war, als hinge nicht er an der Kette, sondern als hätte er sich die Kette angeeignet und zöge sie in seiner Gesellschaft mit, eine schwache, ergebene Sklavin. „Für deine Braut!" sagte meine Mutter. „Bring es ihr heute!" – Ich küßte die Hand meiner Mutter und barg auch dieses Etui in der Tasche.

In diesem Augenblick meldete unser Diener Besuch, meinen Schwiegervater und Elisabeth. „Im Salon!" befahl meine Mutter. „Den Spiegel!" Jacques brachte ihr den ovalen Handspiegel. Sie sah eine lange Weile ihr Gesicht an, regungslos. Ja, die Frauen ihrer Zeit hatten es noch nicht nötig, mit Schminke, Puder, Kämmen oder auch nur nackten Fingern Kleid, Antlitz, Haar zu richten. Es war, als befehle meine Mutter mit dem Blick allein, mit dem sie ihr Spiegelbild jetzt prüfte, dem Haar, dem Gesicht, dem Kleid distinguierte Disziplin. Ohne daß sie eine Hand gerührt hätte, verschwand plötzlich jede Vertraulichkeit, Vertrautheit, und ich selbst fühlte mich beinahe wie zu Gast bei einer fremden, älteren Dame. „Komm!“ sagte sie. „Gib mir den Stock!“ – Der Stock, dünnes Ebenholz mit silbernem Knauf, lehnte neben dem Stuhl. Sie brauchte ihn nicht als Stütze, sondern als Abzeichen ihrer Würde. Mein Schwiegervater im Schlußrock, mit Handschuhen eher bewaffnet als ausgestattet, Elisabeth im hochgeschlossenen silbergrauen Kleid, ein diamantenes Kreuz an der Brust, größer als sonst und so blaß wie die mattsilberne Agraffe an ihrer linken Hüfte, standen beide aufrecht, starr beinahe, als wir eintraten. Der Schwiegervater verbeugte sich, Elisabeth versuchte einen halben Knicks. Ich küßte sie unbekümmert. Der Krieg enthob mich aller überflüssigen zeremoniellen Verpflichtungen. „Verzeihen Sie den Überfall!“ sagte mein Schwiegervater. „Es ist ein angenehmer Besuch!“ verbesserte meine Mutter. Sie sah dabei Elisabeth an. In ein paar Wochen wäre ich wieder daheim, scherzte mein Schwiegervater. Meine Mutter saß auf einem schmalen, harten Rokokostuhl, aufrecht, wie gepanzert. „Die Menschen“, sagte sie, „wissen manchmal wohl, wann sie wegfahren. Sie wissen niemals, wann sie zurückkommen.“ Dabei sah sie Elisabeth an. Sie ließ Kaffee in den Salon reichen, Likör und Cognac. Sie lächelte nicht einen Augenblick. Sie heftete in einem bestimmten Moment ihren Blick auf meine Blusentasche, in der ich das Etui mit dem Amethyst aufbewahrt hatte. Ich verstand. Ich hängte, ohne ein Wort, die Kette um den Hals Elisabeths. Der Stein hing über dem Kreuz. Elisabeth lächelte, trat zum Spiegel, und meine Mutter nickte ihr zu; Elisabeth legte das Kreuz ab. Der Amethyst schimmerte in einem gewaltsamen Violett auf dem silbergrauen Kleid. Er erinnerte an gefrorenes Blut auf einem gefrorenen Grund. Ich wandte mich ab.

Wir erhoben uns. Die Mutter umarmte Elisabeth, ohne sie zu küssen. „Du fährst mit den Herrschaften!“ befahl sie mir. „Komm heute abend!“ fügte sie hinzu. „Ich will die Stunde der Trauung wissen. Es gibt Schleie blau!“ Sie winkte mit der Hand, wie Königinnen mit Fächern winken. Sie entschwand.

Im Wagen unten, mein Schwiegervater fuhr im Auto (er nannte mir die Marke, und ich behielt sie nicht), erfuhr ich, daß in der Döblinger Kirche alles parat sei. Die Stunde, wahrscheinlich zehn Uhr vormittags, sei noch nicht bestimmt. Unsere Trauzeugen waren Zelinsky und Heidegger. Einfache Zeremonie. „Schlicht militärisch", sagte mein Schwiegervater.

Am Abend, während wir die Schleie blau langsam und vorsichtig verzehrten, begann meine Mutter, wohl zum erstenmal, seitdem sie Herrin in ihrem Haus war, während des Essens von den sogenannten ernsten Gegenständen zu sprechen. Ich begann eben, die Schleie zu loben. Sie unterbrach mich. „Vielleicht sitzen wir zum letztenmal beisammen!" sagte sie. Mehr nicht. „Du gehst heute aus, Abschied nehmen, wie?" – „Ja, Mama!" – „Morgen, auf Wiedersehen!" Sie ging, sie sah sich nicht mehr um.

Freilich ging ich Abschied nehmen. Das heißt: ich irrte eigentlich herum, um Abschied zu nehmen. Hier und dort nur traf ich einen Bekannten. Die Leute auf den Straßen stießen von Zeit zu Zeit unverständliche Rufe aus. Es bedurfte einiger Minuten, bevor ich ihren Sinn begriff, und die Rufe waren schon verklungen. Manchmal spielte die Musik den Radetzkymarsch, den Deutschmeistermarsch und „Heil du, mein Österreich!" Es waren Zigeunerkapellen, Heurigenkapellen in kleinbürgerlichen Lokalen. Man trank Bier. Wenn ich eintrat, erhoben sich ein paar Unteroffiziere, und auch die Zivilisten winkten mir mit den Bierkrügeln zu. Es kam mir vor, daß ich der einzige Nüchterne in dieser großen Stadt war und deshalb auch fremd in ihr. Ja, die vertraute Stadt entzog sich mir, rückte von mir fort, jeden Augenblick weiter, und die Straßen und Gassen und Gärten, so erfüllt und laut sie auch waren, schienen mir bereits ausgestorben, so, wie ich sie später sehen sollte, nach dem Krieg und nach unserer Heimkehr. Ich irrte herum bis zum Morgengrauen, nahm im alten Bristol ein Zimmer, schlief, angestrengt, erhitzt und gegen Gedanken, Pläne, Erinnerungen unaufhörlich fechtend, ein paar Stunden, ging ins Kriegsministerium, bekam günstigen Bescheid, fuhr in unsere Kaserne, Landstraßer Hauptstraße, und verabschiedete mich von Major Pauli, unserm Bataillonskommandanten, bekam einen

„offenen Befehl“, der mich – schon hieß ich: Leutnant Trotta – zu den Fünfunddreißigern instradierte, eilte nach Döbling, erfuhr, daß ich um zehn Uhr dreißig getraut werden sollte, fuhr zu meiner Mutter und teilte es ihr mit, und dann zu Elisabeth.

Wir gaben vor, daß Elisabeth mich eine Strecke begleiten sollte. Meine Mutter küßte mich, wie gewöhnlich, auf die Stirn, stieg in den Fiaker, hart, kalt und schnell, trotz ihrer langsamen Art. Es war ein geschlossener Wagen. Bevor er sich noch in Bewegung setzte, konnte ich bemerken, daß sie hastig das Rouleau hinter der kleinen Wagenscheibe zuzog. Und ich wußte, daß sie drinnen, im Dämmer des Coupés, eben zu weinen begann. Mein Schwiegervater küßte uns beide, munter und sorglos. Er hatte hundert überflüssige Redensarten in der Kehle, locker fielen sie heraus, verwehten schnell wie Gerüche. Wir verließen ihn, ein wenig brüsk. „Ich lasse euch allein!“ rief er uns nach.

Elisabeth begleitete mich nicht nach dem Osten. Wir fuhren vielmehr nach Baden. Sechzehn Stunden lagen vor uns, sechzehn lange, volle, satte, kurze, flüchtige Stunden.

XVIII

Sechzehn Stunden! Seit mehr als drei Jahren liebte ich Elisabeth, aber die vergangenen drei Jahre erschienen mir kurz im Verhältnis zu den sechzehn Stunden, obwohl es doch umgekehrt hätte sein sollen. Das Verbotene ist raschlebig, das Erlaubte hat von vornherein in sich schon die Dauerhaftigkeit. Außerdem schien mir auf einmal Elisabeth zwar noch nicht verändert, aber bereits auf dem Weg zu irgendeiner Veränderung. Und ich dachte an meinen Schwiegervater und fand auch ein paar Ähnlichkeiten zwischen ihr und ihm. Ein paar ihrer ganz bestimmten Handbewegungen waren sichtbarlich vom Vater ererbt, ferne und verfeinerte Echos der väterlichen Bewegungen. Einige ihrer Handlungen auf der Fahrt in der elektrischen Bahn nach Baden beleidigten mich beinahe. So zog sie zum Beispiel kaum zehn Minuten, nachdem sich die

Bahn in Bewegung gesetzt hatte, ein Buch aus dem Köfferchen. Es lag neben dem Toilettenetui über der Wäsche – ich dachte an Brauthemd –, und die Tatsache allein, daß ein gleichgültiges Buch auf einem nahezu sakramentalen Gewand liegen durfte, erschien mir würdelos. Es waren übrigens gesammelte Skizzen eines jener norddeutschen Humoristen, die damals zugleich mit unserer Nibelungentreue, mit dem Deutschen Schulverein, mit den Hochschuldozenten aus Pommern, Danzig, Mecklenburg und Königsberg in Wien ihre verregnete Heiterkeit spazierenführten und ihr strapaziöses Behagen zu verbreiten begannen. Elisabeth sah von Zeit zu Zeit aus dem Buch auf, blickte mich an, schaute eine Weile zum Fenster hinaus, unterdrückte ein Gähnen und las weiter. Auch hatte sie eine Art, die Knie übereinanderzuschlagen, die mir geradezu indezent vorkam. Ob das Buch ihr gefalle, fragte ich sie. „Humorvoll!" entschied sie schlankweg. Sie reichte mir das Buch, damit ich selbst prüfe. Ich begann, eine der törichten Geschichten in der Mitte zu lesen, es war die Rede von dem goldigen Humor Augusts des Starken und von einer Beziehung zu einer seiner fürwitzigen Hofdamen. Die zwei Eigenschaftswörter, für mein Gefühl durchaus bezeichnend für preußische und sächsische Seelen, sobald sie sich in Sonntagsrast befinden, genügten mir. Ich sagte: „Ja, goldig und fürwitzig!" Elisabeth lächelte und las weiter. Wir gingen ins Hotel „Zum goldenen Löwen". Unser alter Diener wartete, der einzige, der von unserm Badener Plan wußte. Er gestand mir sofort, daß er ihn meiner Mutter verraten hatte. Er stand da, an der Endstation der Elektrischen, den steifen Halbzylinder in der Hand, den er von meinem Vater geerbt haben mochte, und überreichte meiner Frau einen Strauß dunkelroter Rosen. Er hielt den Kopf gesenkt, in seinem blanken Scheitel spiegelte sich die Sonne wie ein Sternchen, ein silbernes Körnchen. Elisabeth war still. Wenn sie doch nur ein Wort fände! dachte ich. Nichts erfolgte. Die stumme Zeremonie dauerte unendlich lange. Unsere beiden Köfferchen standen auf dem Trottoir. Elisabeth drückte die Rosen mitsamt ihrer Handtasche an die Brust. Der Alte fragte, womit er uns noch dienen könne. Er hatte auch herzliche Grüße von meiner Mutter auszurichten. Mein Koffer, meine zweite Uniform, meine Wäsche seien schon im Hotel. „Ich danke dir!"

sagte ich. Ich merkte, wie Elisabeth ein wenig zur Seite wich. Dieses Ausweichen, ja Abrücken reizte mich. Ich sagte: „Begleite uns zum Hotel! Ich möchte noch mit dir sprechen!“ – „Zu Befehl!“ sagte er, hob die Köfferchen und folgte uns.

„Ich möchte noch mit dem Alten sprechen!“ sagte ich zu Elisabeth. „In einer halben Stunde!“

Ich ging mit Jacques ins Kaffeehaus. Er hielt den Halbzylinder auf den Knien, ich nahm ihn sachte weg und legte ihn auf den Stuhl nebenan. Aus den fernen, blaßblauen, etwas feuchten Greisenaugen strömte mir die ganze Zärtlichkeit Jacques' entgegen, und mir war, als hätte meine Mutter in seine Augen eine letzte mütterliche Botschaft für mich gelegt. Seine gichtigen Hände (ich hatte sie lange nicht nackt, sondern nur in weißen Handschuhen gesehen) zitterten, als sie die Kaffeetasse hoben. Es waren alte, gute Dienerhände. Warum hatte ich sie niemals beachtet? Die blauen Knötchen saßen auf den gekrümmten Fingergelenken, die Nägel waren flach, stumpf und vielfach gespalten, der Knochen am Gelenk seitwärts verschoben und schien widerwillig den steifen Rand der altmodischen Manschettenrollen zu ertragen, und unzählige Äderchen, blaßblau, bahnten sich, winzigen Flüssen gleich, mühsame Wege unter der rissigen Haut des Handrückens.

Wir saßen im Garten des Cafés Astoria. Ein welkes goldenes Kastanienblatt wirbelte langsam auf den kahlen Schädel Jacques', er fühlte es nicht, seine Haut war eben alt und unempfindlich geworden, ich ließ das Blatt dort liegen. „Wie alt bist du?“ fragte ich. „Achtundsiebzig, junger Herr!“ antwortete er, und ich sah einen einzigen, großen gelben Zahn unter seinem dichten schneeigen Schnurrbart. „Ich sollte eigentlich in den Krieg ziehen, nicht die Jungen!“ fuhr er fort. „Im Jahre 66 war ich dabei, gegen die Preußen, bei den Fünfzehnern.“ – „Wo bist du geboren?“ fragte ich. „In Sipolje!“ sagte Jacques. „Kennst du die Trottas?“ – „Freilich, alle, alle!“ – „Sprichst du noch Slowenisch?“ – „Hab' ich vergessen, junger Herr!“

„In einer halben Stunde!" hatte ich Elisabeth gesagt. Ich zögerte, nach der Uhr zu sehen. Es mochte wohl schon mehr als eine Stunde verflossen sein, aber die blassen, alten Augen Jacques', in denen sein Herzweh wohnte und das meiner Mutter, wollte ich nicht entbehren. Es war mir, als hätte ich jetzt die dreiundzwanzig leichtfertig und lieblos verbrachten Jahre meines Lebens wettzumachen, innerhalb einer Stunde, und statt wie sonst ein Jungvermählter die sogenannte neue Existenz anzufangen, bestrebte ich mich, vielmehr die verflossene zu korrigieren. Am liebsten hätte ich wieder bei der Geburt angefangen. Es war mir klar, daß ich das Wichtigste versäumt hatte. Zu spät. Ich stand vor dem Tod und vor der Liebe. Einen Augenblick – ich gestehe es – dachte ich sogar an ein schändliches, schmähliches Manöver. Ich konnte Elisabeth eine Nachricht schicken, daß ich sofort wegmüsse, ins Feld, glattweg. Ich konnte es ihr auch sagen, sie umarmen, Trostlosigkeit, Verzweiflung spielen. Es war nur die Wirrnis einer kurzen Sekunde. Ich hatte sie sofort überwunden. Ich verließ das Astoria. Treulich, einen halben Schritt hinter mir, ging Jacques.

Knapp vor dem Eingang zum Hotel, gerade als ich mich umwenden wollte, um mich von Jacques endgültig zu verabschieden, hörte ich ihn röcheln. Ich wandte mich halb um und breitete die Arme aus. Der Alte sank an meine Schulter. Sein Halbzylinder kollerte hart über die Steine. Der Portier trat heraus. Jacques war ohnmächtig. Wir trugen ihn in die Halle. Ich bestellte den Arzt und lief hinauf, Elisabeth zu verständigen.

Sie saß immer noch über ihrem Humoristen, trank Tee und schob kleine Scheibchen Toast mit Marmelade in ihren lieben roten Mund. Sie legte das Buch auf den Tisch und breitete die Arme aus. „Jacques", begann ich, „Jacques ..." und stockte. Ich wollte das fürchterlich entscheidende Wort nicht aussprechen. Um den Mund Elisabeths aber züngelte ein lüsternes und gleichgültiges und frohgemutes Lächeln, das ich in diesem Augenblick mit einem makabren Wort allein verscheuchen zu können glaubte – und also sagte ich: „Er stirbt!" Sie ließ die ausgebreiteten Arme fallen und antwortete nur: „Er ist alt!"

Man holte mich, der Arzt war gekommen. Der Alte lag schon in seinem Zimmer im Bett. Sein steifes Hemd hatte man ihm ausgezogen. Über seinem schwarzen Gehrock hing es, ein glänzender Panzer aus Leinen. Die gewichsten Stiefel standen wie Wachtposten am Fußende des Bettes. Die Socken aus Wolle, vielfach gestopft, lagen schlaff neben den Stiefeln. Soviel bleibt übrig von einem einfachen Menschen. Ein paar Knöpfe aus Messing auf dem Nachttisch, ein Kragen, eine Krawatte, Stiefel, Socken, Gehrock, Hose, Hemd. Die alten Füße mit den verkrümmten Zehen lugten unter dem unteren Deckenrand hervor. „Schlaganfall!" sagte der Doktor. Er war eben einberufen worden, Oberarzt, schon in Uniform. Morgen sollte er zu den Deutschmeistern. Unsere vorschriftsmäßige gegenseitige militärische Vorstellung nahm sich neben diesem Sterbenden aus wie die Inszenierung eines Theaterstücks in Wiener Neustadt etwa. Wir schämten uns beide.

„Stirbt er?" fragte ich. „Ist es dein Vater?" fragte der Oberarzt. „Unser Diener!" sagte ich. Ich hätte lieber mein Vater gesagt. Der Doktor schien es bemerkt zu haben. „Er stirbt wahrscheinlich", sagte er. „In dieser Nacht?" Er hob fragend die Arme.

Der Abend war hurtig hereingebrochen. Man mußte Licht machen. Der Doktor gab Jacques eine Kardiazolspritze, er schrieb Rezepte, klingelte, schickte nach der Apotheke. Ich schlich mich aus dem Zimmer. So schleicht ein Verräter, dachte ich. Ich schlich auch noch die Treppe zu Elisabeth empor, als fürchtete ich, jemanden zu wecken. Elisabeths Zimmer war geschlossen. Das meine lag daneben. Ich klopfte. Ich versuchte zu öffnen. Auch die Verbindungstür hatte sie abgeschlossen. Ich überlegte, ob ich Gewalt anwenden sollte. Aber im gleichen Augenblick wußte ich ja auch schon, daß wir uns nicht liebten. Ich hatte zwei Tote: Die erste war meine Liebe. Sie begrub ich an der Schwelle der Verbindungstür zwischen unseren zwei Zimmern. Dann stieg ich ein Stockwerk tiefer, um Jacques sterben zu sehen.

Der gute Doktor war immer noch da. Er hatte den Säbel abgeschnallt und die Bluse aufgeknöpft. Es roch nach Essig, Äther, Kampfer im Zimmer, und durch die offenen Fenster strömte der feuchte, welke Duft des abendlichen Herbstes. Der Oberarzt sagte: „Ich bleibe hier“ – und drückte mir die Hand. Ich schickte meiner Mutter ein Telegramm, daß ich unseren Diener bis zu meiner Abreise noch zurückhalten müsse. Wir aßen Schinken, Käse, Äpfel. Wir tranken zwei Flaschen Nußdorfer.

Der Alte lag da, blau, sein Atem ging wie eine rostige Säge durchs Zimmer. Von Zeit zu Zeit bäumte sich sein Oberkörper, seine verkrümmten Hände zerrten an der dunkelroten, gesteppten Decke. Der Doktor feuchtete ein Handtuch an, spritzte Essig darauf und legte es dem Sterbenden auf den Kopf. Zweimal stieg ich die Treppe zu Elisabeth empor. Das erstemal blieb alles still. Das zweitemal hörte ich sie laut schluchzen. Ich klopfte stärker. „Laß mich!“ rief sie. Ihre Stimme drang wie ein Messer durch die geschlossene Tür.

Es mochte gegen drei Uhr morgens gewesen sein, ich hockte am Bettrand Jacques', der Doktor schlief, ohne Rock, den Kopf in die Hemdärmel gebettet, über dem Schreibtisch. Da erhob sich Jacques mit ausgestreckten Händen, öffnete die Augen und lallte etwas. Der Doktor erwachte sofort und trat ans Bett. Jetzt hörte ich Jacques' alte, klare Stimme: „Bitte, junger Herr, der gnädigen Frau sagen lassen, ich komme morgen früh zurück.“ Er fiel wieder in die Kissen. Sein Atem besänftigte sich. Seine Augen blieben starr und offen, es war, als brauchten sie keine Lider mehr. „Jetzt stirbt er“, sagte der Doktor, gerade in dem Augenblick, in dem ich entschlossen war, wiederum zu Elisabeth hinaufzugehen.

Ich wartete. Der Tod schien sich dem Alten nur äußerst sorgsam zu nähern, väterlich, ein wahrer Engel. Gegen vier Uhr morgens wehte der Wind ein welkes, gelbes Kastanienblatt durch das offene Fenster. Ich hob es auf und legte es Jacques auf die Bettdecke. Der Doktor legte mir den Arm um die Schulter, beugte sich dann über den Alten, horchte, nahm die Hand und sagte: „Ex!“ Ich kniete nieder und bekreuzigte mich, zum erstenmal nach vielen, vielen Jahren.

Kaum zwei Minuten später klopfte es. Der Nachtportier brachte mir einen Brief. „Von der Gnädigen!“ sagte er. Das Kuvert war nur halb zugeklebt, es öffnete sich gleichsam von selbst. Ich las nur eine Zeile:

„Adieu! Ich geh' nach Haus. Elisabeth." Ich gab dem fremden Doktor den Zettel. Er las ihn, sah mich an und sagte: „Ich verstehe!" Und nach einer Weile: „Ich ordne schon alles, mit Hotel und Bestattung und Frau Mama. Ich bleibe ja vorläufig in Wien. Wohin gehst du heut?" – „Nach dem Osten!" – „Servus!"

Ich habe den Doktor nie wiedergesehen. Ich habe ihn auch nie vergessen. Er hieß Grünhut.

XIX

Ich ging als „Einzelreisender" ins Feld. Den Brief meiner Frau hatte ich im ersten Anfall von Unmut, verletzter Eitelkeit, Rachsucht, Gehässigkeit vielleicht – was weiß ich – zerknüllt und in die Hosentasche gesteckt. Jetzt zog ich ihn hervor, glättete den Knäuel und überlas die eine Zeile noch einmal. Es war mir klar, daß ich mich gegen Elisabeth versündigt hatte. Eine Weile später kam es mir vor, daß ich mich sogar schwer gegen sie versündigt hatte. Ich beschloß, ihr einen Brief zu schreiben, ich machte mich auch daran, das Papier aus dem Koffer zu holen, aber als ich ausgepackt hatte – man zog damals noch mit ledernen Schreibmappen ins Feld –, strömte mir aus dem leeren blauen Blatt gleichsam mein eigener Unmut entgegen. Es war, als müßte das leere Blatt eigentlich alles enthalten, was ich noch Elisabeth zu sagen hatte, und als müßte ich es abschicken, so glatt und wüst, wie es war. Ich schrieb nur meinen Namen darauf. Diese Post gab ich auf der nächsten Bahnstation ab. Noch einmal zerknüllte ich den Zettel Elisabeths. Noch einmal steckte ich den Knäuel in die Tasche.

Ich war, laut dem „Offenen Befehl", ausgestellt vom Kriegsministerium, von Stellmacher unterzeichnet, zum Landwehrregiment Numero 35 instradiert, das heißt direkt zum Regiment, nicht etwa zum Ergänzungsbezirkskommando, das infolge der kriegerischen Ereignisse aus dem gefährlichen Gebiet in das Innere des Reiches verlegt worden war. Ich sah mich also vor der ziemlich verwickelten Aufgabe, mein

Regiment, das sich auf dem ständigen Rückzug befinden mußte, irgendwo in einem Dorf, in einem Wald, in einem Städtchen, kurz: in einer „Stellung“ ausfindig zu machen, das heißt ungefähr, als ein Irrender, einzelner zu einer flüchtenden, irrenden Einheit zu stoßen. Dergleichen hatten wir freilich in den Manövern niemals gelernt.

Es war gut, daß ich dieser Sorge vor allem hingegeben sein mußte. Ich flüchtete mich geradezu in sie. Ich brauchte so nicht mehr an meine Mutter, an meine Frau, unseren toten Diener zu denken. Mein Zug hielt fast jede halbe Stunde an irgendwelchen winzigen, unbedeutenden Stationen. Wir fuhren, ein Oberleutnant und ich, in einem engen Abteil, einer Zündholzschachtel sozusagen, etwa achtzehn Stunden, bis wir Kamionka erreichten. Von hier ab waren die ordentlichen Bahngeleise zerstört. Nur eine provisorische, schmalspurige Bahn mit drei ungedeckten, winzigen Lastwaggönchen führte zum nächsten Feldkommandoposten, der die augenblickliche Stellung der einzelnen Regimenter, auch nur unverbindlich, den „Einzelreisenden“ anzugeben vermochte. Das Bähnchen rollte langsam dahin, der Lokomotivführer läutete unaufhörlich, denn Scharen von Verwundeten, zu Fuß und auf Bauernfuhrwerken, kamen uns auf dem schmalen Weg entgegen. Ich bin – wie ich damals zum erstenmal erfuhr – ziemlich unempfindlich gegen die sogenannten großen Schrecken. So empfand ich zum Beispiel den Anblick der Verwundeten, die auf einer Tragbahre lagen, wahrscheinlich, weil ihnen Beine oder Füße abgeschossen waren, weniger fürchterlich als die allein, ungestützt dahinwankenden Soldaten, die nur einen leichten Streifschuß hatten und durch deren schneeweißen Verband unaufhörlich neues Blut sickerte. Und bei alledem, zu beiden Seiten der schmalspurigen Bahn, auf den weiten, schon herbstfahlen Wiesen, zirpten die verspäteten Grillen, weil sie ein trügerisch warmer Septemberabend verführt hatte zu glauben, es sei immer noch oder schon aufs neue Sommer.

Beim Feldkommandoposten traf ich zufällig den Herrn Feldkuraten von den Fünfunddreißigern. Er war ein feister, selbstzufriedener Mann Gottes, in einem engen, prallen, glänzenden Priesterrock. Er hatte sich auf dem

Rückzug verloren, mitsamt seinem Diener, seinem Kutscher, seinem Pferd und dem zeltüberspannten Trainwagen, wo er Altar und Meßgeräte, aber auch eine Anzahl Geflügel, Schnapsflaschen, Heu für das Pferd und überhaupt requiriertes Bauerngut verbarg. Er begrüßte mich wie einen langentbehrten Freund. Er schien sich vor neuen Irrfahrten zu fürchten, er konnte sich auch nicht entschließen, sein Geflügel dem Feldkommandoposten zu opfern, wo man sich bereits seit zehn Tagen lediglich von Konserven nährte und von Kartoffeln. Man liebte hier den Feldkuraten nicht sonderlich. Aber er weigerte sich, aufs Geratewohl oder nur auf ein Ungefähr hin loszuziehen, dieweil ich, eingedenk meines Vetters Joseph Branco und des Fiakers Manes Reisiger, das Ungefähr dem Warten vorzog. Unsere Fünfunddreißiger, so lautete die vage Auskunft, sollten drei Kilometer nördlich von Brzezany stehen. Und also machte ich mich mit dem Feldkuraten, seinem Wagen, seinem Geflügel auf den Weg, ohne Landkarte, lediglich mit einer handgezeichneten Skizze versehen.

Wir fanden schließlich die Fünfunddreißiger, allerdings nicht nördlich von Brzezany, sondern erst in dem Flecken Strumilce. Ich meldete mich beim Obersten. Meine Ernennung zum Leutnant war bereits beim Regimentsadjutanten eingelaufen. Ich verlangte, meine Freunde zu sehen. Sie kamen. Ich bat, man möchte sie meinem Zug zuteilen. Wie kamen sie! Ich erwartete sie in der Kanzlei des Rechnungsunteroffiziers Cenower, aber es war ihnen nicht gesagt worden, daß ich es sei, der sie hatte kommen lassen. Im ersten Augenblick erkannten sie mich gar nicht. Aber im nächsten schon fiel mir Manes Reisiger um den Hals, uneingedenk aller militärischen Vorschriften, indes mein Vetter Joseph Branco noch immer dastand, in Habt-acht erstarrt, aus Verwunderung und Disziplin. Er war ein Slowene eben. Manes Reisiger aber war ein jüdischer Fiaker aus dem Osten, unbekümmert und kein Dienstreglement-Gläubiger. Sein Bart bestand aus lauter wilden, harten Knäueln, der Mann sah nicht uniformiert aus, sondern verkleidet. Ich küßte eines seiner Bartknäuel und machte mich daran, auch Joseph Branco zu umarmen. Ich selbst, auch ich, vergaß das Militär. Ich dachte nur noch an den Krieg, und ich rief vielleicht zehnmal hintereinander:

„Ihr lebt, ihr lebt! ...“ Und Joseph Branco bemerkte sofort meinen Ehering und wies stumm auf meinen Finger. „Ja“, sagte ich, „ich habe geheiratet.“ Ich fühlte, ich sah, daß sie mehr von meiner Heirat und von meiner Frau wissen wollten, ich ging mit ihnen hinaus, auf den winzigen, kreisrunden Ring um die Kirche von Strumilce. Ich sprach aber gar nicht von Elisabeth, bis es mir plötzlich einfiel – und wie konnte es mir auch entfallen sein! –, daß ich eine Photographie von ihr in der Brieftasche geborgen hatte. Am leichtesten war es wohl, es ersparte alles Reden, meinen Freunden das Bild zu zeigen. Ich zog die Brieftasche, ich suchte, das Bild war nicht drin. Ich begann nachzudenken, wo ich es verloren oder vergessen haben könnte, und auf einmal glaubte ich mich zu erinnern, daß ich die Photographie bei meiner Mutter zu Hause gelassen hatte. Ein unbegreiflicher, ja ein sinnloser Schrecken ergriff mich, als hätte ich das Bild Elisabeths zerrissen oder verbrannt. „Ich finde die Photographie nicht“, sagte ich zu meinen beiden Freunden. Statt zu antworten, zog jetzt mein Vetter Joseph Branco aus seiner Tasche das Bild seiner Frau und reichte es mir. Es war eine schöne Frau, von stolzer Üppigkeit, in der slowenischen Dorftracht, ein Krönchen aus Münzen über dem glatten, gescheitelten Haar und eine dreimal geschlungene Kette aus den gleichen Münzen um den Hals. Ihre starken Arme waren nackt, die Hände stemmte sie an die Hüften. „Das ist die Mutter meines Kindes, es ist ein Sohn!“ sagte Joseph Branco. „Bist du verheiratet?“ fragte Manes, der Fiaker. „Wenn der Krieg aus ist, werde ich sie heiraten, unser Sohn heißt Branco, wie ich, er ist zehn Jahre alt. Er ist beim Großvater. Er kann herrliche Pfeile schnitzen.“

XX

Wir hatten in den nächsten Tagen, die vor uns lagen, breit und gefahrenschwanger, düster und erhaben und rätselhaft und fremd, keine Schlachten zu erwarten, aller Voraussicht nach, sondern lediglich Rückzüge. Von der Ortschaft Strumilce kamen wir, kaum zwei Tage später, in das Dorf Jeziory und wieder drei Tage hierauf in das Städtchen Pogrody. Die russische Armee verfolgte uns. Wir zogen uns bis Krasne-

Busk zurück. Wahrscheinlich infolge eines nicht rechtzeitig eingetroffenen Befehls blieben wir länger dort, als es in der Absicht der Zweiten Armee gelegen war. Also überfielen uns eines frühen Morgens die Russen. Und wir hatten keine Zeit mehr, uns zu verschanzen. Dies war die historische Schlacht von Krasne-Busk, bei der ein Drittel unseres Regiments vernichtet wurde und ein zweites in Gefangenschaft geriet.

Auch wir wurden Gefangene, Joseph Branco, Manes Reisiger und ich. So ruhmlos endete unsere erste Schlacht.

Ich hätte hier ein kräftiges Bedürfnis, von den besonderen Gefühlen zu berichten, die einen Kriegsgefangenen bewegen. Aber ich weiß wohl, welch einer großen Gleichgültigkeit solch ein Bericht heutzutage begegnet. Gerne nehme ich das Schicksal, ein Verschollener zu sein, auf mich, aber nicht jenes, der Erzähler der Verschollenen zu werden. Man könnte mich kaum noch verstehen, wenn ich es etwa unternähme, heutzutage von der Freiheit zu sprechen, von der Ehre, geschweige denn von der Gefangenschaft. In diesen Jahren schweigt man besser. Ich schreibe lediglich zu dem Zweck, mir selbst klarzuwerden; und auch pro nomine Dei sozusagen. Er verzeihe mir die Sünde!

Gut, wir waren also Kriegsgefangene, unser ganzer Zug. Mit mir blieben Joseph Branco und Manes Reisiger. Wir waren gemeinsam gefangen. „Für uns ist der Krieg zu Ende“, sagte Manes Reisiger. „Ich war noch niemals gefangen“, setzte er manchmal hinzu, „ebenso wie ihr beide. Aber ich weiß, daß uns das Leben erwartet und nicht der Tod. Ihr beide werdet euch daran erinnern, wenn wir zurückkommen. Wenn ich nur wüßte, was mein Ephraim macht. Der Krieg wird lange dauern. Auch mein Sohn wird noch einrücken. Merkt euch das! Manes Reisiger aus Zlotogrod, ein gewöhnlicher Fiaker, hat es euch gesagt!“ – Hierauf schnalzte er mit der Zunge. Es knallte wie eine Peitsche. Die nächsten Wochen blieb er still und stumm.

Am Abend des zweiten Oktobers sollten wir getrennt werden. Man hatte die Absicht, wie es damals Sitte war und selbstverständlich, die gefangenen Offiziere von der Mannschaft zu trennen. Wir sollten im

Innern des russischen Landes bleiben, die Personen des Mannschaftsstandes aber weithin verschickt werden. Man sprach von Sibirien. Ich meldete mich nach Sibirien. Bis heute noch weiß ich es nicht, ich will es nicht wissen, auf welche Weise es Manes Reisiger damals gelungen war, auch mich nach Sibirien mitzuschleppen. Noch niemals war, so scheint es mir, ein Mann so froh gewesen wie ich, daß es ihm gelang, durch List und Bestechung Nachteile zu erringen. Aber Manes Reisiger hatte sie eigentlich errungen. Seit der ersten Stunde unserer Kriegsgefangenschaft hatte er den Befehl über uns alle, über unseren Zug, übernommen. Was lernt man nicht alles, Gottes Gnade vorausgesetzt, von Pferden, wenn man ein Fiaker ist! und gar ein jüdischer aus Zlotogrod ...

Von den Umwegen und von den geraden Wegen, auf denen wir nach Sibirien kamen, erzähle ich nicht. Wege und Umwege verstehen sich von selbst. Nach sechs Monaten waren wir in Wiatka.

XXI

Wiatka liegt weit in Sibirien, am Lenafluß. Die Reise dauerte ein halbes Jahr. Die Tage hatten wir auf diesen weiten Wegen vergessen, unzählig und endlos zugleich reihten sie sich aneinander. Wer zählt die Korallen an einer sechsfachen Schnur? Sechs Monate ungefähr dauerte unser Transport. Im September hatte unsere Gefangenschaft begonnen, als wir ankamen, war es März. Im Wiener Augarten mochten schon die Goldregensträucher blühen. Bald fing der Holunder an zu duften. Hier trieben gewaltige Eisschollen über den Fluß, man konnte ihn, auch an seinen breitesten Stellen, trockenen Fußes überschreiten. Während des Transportes waren drei Leute von unserem Zug an Typhus gestorben. Vierzehn hatten versucht zu fliehen, sechs Mann von unserer Eskorte waren mit ihnen desertiert. Der junge Kosakenleutnant, der den Transport auf der letzten Etappe kommandierte, ließ uns in Tschirein warten: Er mußte die Flüchtlinge wie die Deserteure einfangen. Er hieß Andrej Maximowitsch Krassin. Er spielte mit mir Karten, während seine Patrouillen die Gegend nach den Verschwundenen absuchten. Wir sprachen französisch. Er trank den Samogonka, den ihm die spärlichen russischen Ansiedler der Gegend brachten, aus seiner kürbisförmigen Feldflasche, war zutraulich und dankbar für jeden guten Blick, den ich ihm schenkte. Ich liebte seine Art zu lachen, die starken, blendenden Zähne unter dem kurzen kohlschwarzen Schnurrbart und die Augen, die nur Fünkchen waren, wenn er sie zusammenkniff. Er beherrschte das Lachen geradezu. Man konnte ihm zum Beispiel sagen: „Bitte, lachen Sie ein bißchen!", und im Nu lachte er, schallend, großzügig, weitherzig. Eines Tages hatten die Patrouillen die Geflohenen aufgetrieben. Eigentlich den Rest der Geflohenen, acht Mann von zwanzig. Der Rest war sicherlich verirrt oder irgendwo verborgen oder irgendwo untergegangen. Andrej Maximowitsch Krassin spielte mit mir Tarock in der Bahnhofsbaracke. Er ließ die Eskorte mitsamt den Gefangenen nahe an uns herankommen, bestellte ihnen Tee und Schnaps und befahl mir, der ich ja seinen Befehlen ausgeliefert war, die Strafen zu diktieren, für die Leute meines Zuges sowohl als auch für die russischen zwei eingeholten Deserteure. Ich sagte ihm, daß ich das Dienstreglement seiner Armee nicht kenne. Er bat mich zuerst, dann drohte er, endlich sagte ich: „Da ich nicht weiß, welche Strafen nach Ihren Gesetzen zu verhängen wären, verfüge ich, daß alle straflos bleiben." Er legte seine Pistole auf den Tisch und sagte: „Sie sind am Komplott beteiligt. Ich verhafte Sie, ich lasse Sie abführen, Herr Leutnant!" – „Wollen wir nicht die Partie zu Ende spielen?" fragte ich ihn und griff nach meinen Karten. „Gewiß!" sagte er, und wir spielten weiter, während die Soldaten um uns herumstanden, Eskorten und Österreicher. Er verlor. Es wäre mir leicht gewesen, ihn gewinnen zu lassen, aber ich hatte freilich die Besorgnis, daß er es merken könnte. Kindlich, wie er war, bereitete ihm das Mißtrauen eine noch größere Wollust als das Lachen, und die Bereitschaft, Verdacht zu schöpfen, war stets in ihm lebendig. Also ließ ich ihn verlieren. Er zog die Augenbrauen zusammen, er sah den Unteroffizier, der die Eskorte kommandierte, schon böse an, so, als wollte er im nächsten Augenblick alle acht Mann füsilieren lassen. Ich sagte ihm: „Lachen Sie ein bißchen!" Er lachte los, großzügig, weitherzig, mit allen blendenden Zähnen. Ich dachte schon, ich hätte die acht gerettet.

Er lachte etwa zwei Minuten, wurde auf einmal ernst, wie es seine Art war, und befahl dem Unteroffizier: „Spangen für alle acht! Abtreten! Ich verfüge dann Weiteres.“ Hierauf, nachdem die Männer die Baracke verlassen hatten, begann er, die Karten zu mischen. „Revanche!“ sagte er. Wir spielten eine neue Partie. Er verlor zum zweitenmal. Er steckte jetzt erst seine Pistole ein, erhob sich, sagte: „Ich komme gleich!“ und verschwand. Ich blieb sitzen, man entzündete die zwei Petroleumlampen, sogenannte Rundbrenner. Die karwasische Wirtin wankte heran, ein neues Teeglas in der Hand. Im frischen Tee schwamm noch die alte Zitronenscheibe. Die Wirtin war breit wie ein Schiff. Sie lächelte aber wie ein gutes Kind, vertraulich und mütterlich. Als ich mich anschickte, die alte, häßliche Zitronenscheibe aus dem Glas zu entfernen, griff sie mit zwei gütigen, dicken Fingern hinein und holte die Zitrone heraus. Ich dankte ihr mit einem Blick.

Ich trank den heißen Tee langsam. Der Leutnant Andrej Maximowitsch kam nicht zurück. Es wurde immer später, und ich mußte zu meinen Leuten zurück ins Lager. Ich ging hinaus vor die Balkontür und rief ein paarmal seinen Namen. Er antwortete mir endlich. Es war eine eisige Nacht, so kalt, daß ich zuerst glaubte, selbst ein Ruf müßte, kaum ausgestoßen, schon erfrieren und niemals den Gerufenen erreichen. Ich blickte zum Himmel empor. Die silbernen Sterne schienen nicht von ihm selbst geboren, sondern in seine Gewölbe eingeschlagen worden zu sein, glänzende Nägel. Ein wuchtiger Wind vom Osten, der Tyrann unter den Winden Sibiriens, nahm meiner Kehle den Atem, meinem Herzen die Kraft zu schlagen, meinen Augen die Fähigkeit zu sehen. Die Antwort des Leutnants auf meinen Ruf, vom bösen Wind mir dennoch entgegengetragen, erschien mir wie eine tröstliche Botschaft eines Menschen, nach langer Zeit zum erstenmal vernommen, obwohl ich kaum ein paar Minuten draußen in der menschenfeindlichen Nacht gewartet hatte. Aber wie wenig tröstlich war diese menschliche Botschaft.

Ich ging in die Baracke zurück. Eine einzige Lampe brannte noch. Sie erhellte den Raum nicht, sie machte seine Finsternis nur noch dichter. Sie war gleichsam der leuchtende, winzige Kern einer schweren, kreisrunden

Finsternis. Ich setzte mich neben die Lampe hin. Plötzlich schreckten mich ein paar Schüsse auf. Ich lief hinaus. Die Schüsse waren noch nicht verhallt. Sie schienen noch immer unter dem eisigen, gewaltigen Himmel dahinzurollen. Ich lauschte. Nichts regte sich mehr, außer dem ständigen Eiswind. Ich konnte es nicht mehr ertragen und kehrte in die Baracke zurück.

Eine Weile später kam der Leutnant, bleich, trotz dem Winde die Mütze in der Hand, die Pistole ragte aus dem halboffenen Etui. Er setzte sich sofort, atmete schwer, knöpfte den Blusenkragen auf und sah mich mit starren Augen an, als kenne er mich nicht, als hätte er mich vergessen und als bemühte er sich angestrengt, mich zu agnoszieren. Die Karten wischte er vom Tisch mit dem Ärmel. Er trank einen tüchtigen Schluck aus der Flasche, senkte den Kopf und sagte auf einmal ganz schnell: „Ich habe nur einen getroffen." – „Sie haben also schlecht gezielt", sagte ich. Aber ich hatte es anders verstanden. „Ich habe schlecht gezielt. Ich ließ sie in einer Reihe antreten. Ich wollte sie nur erschrecken. Ich schoß in die Luft. Beim letzten Schuß war's, als drückte jemand meinen Arm nieder. Es geschah schnell, es ging los, ich weiß nicht wie. Der Mann ist hin. Die Leute verstehen mich nicht mehr."

Man begrub den Mann noch in der gleichen Nacht. Der Leutnant ließ eine Ehrensalve abschießen. Seit dieser Stunde lachte er nicht mehr. Er sann über etwas nach, das ihn unaufhörlich zu beschäftigen schien. Wir legten noch etwa zehn Werst unter seinem Kommando zurück. Zwei Tage, bevor ein neuer Transportkommandant uns übernehmen sollte, ließ er mich zu sich in den Schlitten steigen und sagte: „Dieser Schlitten gehört Ihnen und Ihren zwei Freunden. Der Jude ist Kutscher. Er wird sich auskennen. Hier ist meine Karte. Ich habe den Punkt angekreuzt, an dem Sie aussteigen. Sie werden dort erwartet. Es ist mein Freund. Zuverlässig. Niemand wird euch suchen. Ich werde euch alle drei als Geflüchtete ausgeben. Ich werde euch hinrichten und begraben." Er drückte mir die Hand und stieg aus.

In der Nacht fuhren wir los. Der Weg dauerte ein paar Stunden. Der Mann wartete. Wir fühlten sofort, daß wir bei ihm geborgen waren. Wir begannen ein neues Leben.

XXII

Unser Gastgeber gehörte zu den alteingesessenen sibirischen Polen. Pelzhändler war er von Beruf. Er lebte allein, mit einem Hund unbestimmter Rasse, mit zwei Jagdgewehren, einer Anzahl selbstgeschnitzter Pfeifen in zwei geräumigen, mit kümmerlichen Pelzfellen vollgelagerten Zimmern. Er hieß Baranovitsch, Jan mit Vornamen. Er sprach äußerst selten. Ein schwarzer Vollbart verpflichtete ihn zur Schweigsamkeit. Er ließ uns allerhand Arbeiten verrichten, den Zaun reparieren, Holz spalten, die Schlittenkufen einfetten, die Felle sondieren. Wir lernten dort etwas Nützliches. Aber es war uns schon nach einer Woche klar, daß er uns nur arbeiten ließ, aus Taktgefühl und auch, damit wir in dieser Einsamkeit nicht etwa Händel mit ihm oder untereinander begännen. Er hatte recht. Er schnitzte Stöcke und Pfeifen aus dem harten, starken Gestrüpp, das in der Gegend wächst und das er, ich weiß nicht mehr, warum, Nastorka nannte. Er rauchte alle Woche eine neue Pfeife ein. Niemals vernahm ich einen Scherz von ihm. Manchmal nahm er einen Moment die Pfeife aus dem Mund, um einem von uns zuzulächeln. Alle zwei Monate etwa kam ein Mann aus dem nächsten Flecken und brachte eine alte russische Zeitung. Baranovitsch selbst sah sie nicht an. Ich lernte viel aus ihr, aber über den Krieg konnte sie uns freilich nicht informieren. Einmal las ich, daß die Kosaken in Schlesien einmarschieren. Mein Vetter Joseph Branco glaubte es, Manes Reisiger nicht. Sie begannen sich zu streiten. Sie wurden zum erstenmal böse aufeinander. Endlich hatte auch sie jener Wahnsinn erfaßt, den die Einsamkeit erzeugen muß. Nun griff Joseph Branco, jünger und heftiger, wie er war, nach dem Bart Reisigers. Ich wusch gerade die Teller in der Küche. Als ich den Streit hörte, trat ich mit den Tellern in der Hand ins Zimmer. Meine Freunde hörten mich weder, noch sahen sie mich. Zum erstenmal, obwohl ich vor der Heftigkeit meiner damals geliebten Menschen erschrocken war, traf mich auch eine jähe Einsicht; ich kann wohl sagen, sie habe mich getroffen, von außen her gleichsam: die Einsicht nämlich, daß ich nicht mehr zu ihnen gehörte. Ein ohnmächtiger Schiedsrichter, stand ich vor ihnen, nicht mehr ihr Freund, und obwohl ich mir darüber im klaren war, daß der Wahn der Wüste sie ergriffen hatte, glaubte ich doch daran, daß ich gegen ihn bestimmt gefeit wäre. Eine gehässige Gleichgültigkeit erfüllte mich. Ich ging zurück in die Küche, die Teller waschen. Sie tobten. Aber als wollte ich sie in ihrem irrwitzigen Kampf nicht stören, wie man etwa nebenan schlafende Menschen nicht wecken mag, legte ich diesmal behutsam, wie bis jetzt noch nie, einen Teller auf den andern, damit sie nicht klapperten. Nachdem ich mit meiner Arbeit fertig geworden war, setzte ich mich auf den Küchenschemel und wartete ruhig.

Eine geraume Weile später kamen sie auch heraus, kamen sie gleichsam zum Vorschein, einer hinter dem anderen. Sie beachteten mich auch jetzt nicht. Es schien, als wollte mir jeder von den beiden, und jeder für sich, da sie doch Feinde untereinander waren, seine Geringschätzung dafür bezeugen, daß ich mich in ihren Kampf nicht eingemischt hatte. Jeder von beiden machte sich an irgendeine überflüssige Arbeit. Der eine schliff die Messer, aber es sah gar nicht bedrohlich aus. Der andere holte Schnee in einem Kessel, zündete das Herdfeuer an, warf kleine Späne hinein, setzte den Kessel auf den Herd und sah angestrengt in die Flamme. Es wurde gemächlich warm. Die Wärme strahlte das gegenüberliegende Fenster an, die Eisblumen wurden rötlich, blau, violett zuweilen, vom Widerschein des Feuers. Die vereisten Wassertropfen auf dem Boden, knapp unter dem Fenster, begannen zu schmelzen.

Der Abend drang herein, das Wasser brodelte im Kessel. Bald kam Baranovitsch von einer seiner Wanderungen zurück, die er an manchen Tagen, man wußte nicht, aus welchen Gründen, zu unternehmen pflegte. Er trat ein, den Rock in der Hand, die Fäustlinge steckten im Gürtel. (Er hatte die Gewohnheit, sie vor der Tür auszuziehen, eine Art Höflichkeit.) Er gab jedem von uns die Hand, mit dem gewohnten Gruß: „Gebe Gott

Gesundheit.“ Dann nahm er die Pelzmütze ab und bekreuzigte sich. Er ging in die Stube hinein.

Später aßen wir, wie gewöhnlich, zu viert. Keiner sprach ein Wort. Man hörte den Pendelschlag der Kuckucksuhr, die an einen zufällig aus fremden Landen verirrten Vogel denken ließ. Man wunderte sich, daß sie nicht erfroren war. Baranovitsch, der an unser allabendliches Geschwätz gewohnt war, forschte verstohlen in unsern Gesichtern. Er erhob sich endlich, plötzlich, nicht so langsam wie sonst und gleichsam unzufrieden darüber, daß wir ihn heute enttäuscht hatten, sagte: „Gute Nacht!“ und ging ins zweite Zimmer. Ich räumte den Tisch ab, blies die Petroleumlampe aus. Die Nacht schimmerte durch die vereisten Scheiben. Wir legten uns schlafen. „Gute Nacht!“ sagte ich, wie immer. Niemand antwortete.

Am Morgen, während ich Späne spaltete, um den Samowar zu heizen, kam Baranovitsch in die Küche. Unvermutet schnell begann er zu sprechen: „Sie haben sich also doch geschlagen“, sagte er. „Ich habe die Wunden gesehen und das Schweigen begriffen. Ich kann sie nicht mehr behalten. In diesem Hause muß Friede sein. Ich habe schon ein paarmal Gäste gehabt. Sie blieben alle genauso lang, wie sie Frieden hielten. Ich habe nie einen gefragt, wer er sei, woher er komme. Es konnte auch ein Mörder sein. Mir war er ein Gast. Ich handle nach dem Sprichwort: Gast im Hause, Gott im Hause. Der Leutnant, der dich hergeschickt hat, kennt mich schon lange. Auch ihn habe ich einmal hinausweisen müssen wegen einer Schlägerei. Er nimmt's mir nicht übel. Dich möchte ich behalten. Du hast dich gewiß nicht geschlagen. Aber die andern würden dich anzeigen. Du mußt also mit.“ – Er schwieg. Ich warf die brennenden Späne in die Ofenröhre des Samowars und legte einiges lockere Zeitungspapier darüber, damit die Späne nicht erloschen. Als der Samowar zu singen anfing, begann Baranovitsch wieder: „Fliehen könnt ihr nicht. In dieser Gegend, bei dieser Jahreszeit, bleibt kein Mensch lebendig, der hier herumirrt. Also bleibt euch nichts anderes übrig, als nach Wiatka zu fahren. Nach Wiatka“, wiederholte er, zögerte und setzte hinzu: „ins Lager. Vielleicht wird man euch bestrafen, schwer, leicht oder gar nicht.

Die Unordnung dort ist groß, der Zar ist weit, seine Gesetze sind verworren. Meldet euch beim Wachtmeister Kumin. Er ist mächtiger als der Lagerkommandant. Ich gebe euch Tee und Machorka mit, die gibst du ihm. Merk's dir; Kumin.“ – Das Wasser siedete, ich schüttete Tee in den Tschajnik, goß Wasser drauf und stellte den Tschajnik auf die Samowarröhre. – Zum letztenmal! dachte ich. Ich hatte keine Angst vor dem Lager. Es war Krieg, alle Gefangenen mußten ins Lager. Aber ich wußte nun, daß Baranovitsch ein Vater war, sein Haus meine Heimat war, sein Brot das Brot meiner Heimat. Gestern waren mir meine besten Freunde verlorengegangen. Heute verlor ich eine Heimat. Zum zweitenmal verlor ich eine Heimat. Damals wußte ich noch nicht, daß ich die Heimat nicht zum letztenmal verloren hatte. Unsereins ist gezeichnet.

Als ich mit dem Tee in die Stube kam, saßen Reisiger und Joseph Branco schon zu beiden Seiten des Tisches. Baranovitsch lehnte an der Tür, die zur Nebenstube führte. Er setzte sich nicht, auch als ich sein Glas hinstellte. Ich schnitt selbst das Brot und verteilte es. Er trat an den Tisch, trank im Stehen seinen Tee, aß im Stehen sein Brot. Dann sagte er: „Meine Freunde, ich habe eurem Leutnant gesagt, weshalb ich euch nicht mehr behalten darf. Nehmt euren Schlitten, nehmt ein paar Felle unter die Röcke, es wird euch wärmen. Ich begleite euch bis zu der Stelle, wo ich euch abgeholt habe.“

Manes Reisiger ging hinaus, ich hörte, wie er den Schlitten sofort über den knirschenden Schnee des Vorhofs führte. Joseph Branco hatte nicht sofort begriffen. „Aufstehen, einpacken!“ sagte ich. Zum erstenmal tat es mir weh, daß ich kommandieren mußte.

Als wir fertig waren und eng aneinandergepreßt in dem kleinen Schlitten saßen, sagte Baranovitsch zu mir: „Steig ab, ich habe noch etwas vergessen.“ – Wir gingen ins Haus zurück. Zum letztenmal umfaßte ich Küche, Stube, Fenster, Messer, Geschirr, den angebundenen Hund, zwei Gewehre, die aufgestapelten Felle mit verstohlenen Blicken, vergeblich geheimen, denn Baranovitsch bemerkte sie wohl.

„Hier“, sagte er und gab mir einen Revolver. „Deine Freunde werden“, er vollendete den Satz nicht. Ich steckte die Pistole ein. „Kumin wird dich nicht untersuchen. Gib ihm nur den Tee und die Machorka.“ Ich wollte danken. Aber wie kümmerlich hätte da ein Dank geklungen! Ein Dank aus meinem Munde! Es fiel mir ein, wie oft im Leben ich das Wort „Danke!“ leichtfertig ausgesprochen hatte. Ich hatte es geradezu entweiht. Wie hohl hätte es in Baranovitschs Ohren geklungen, mein gewichtsloses Dankeswort. Und sogar mein Händedruck wäre etwas Leichtgewichtiges gewesen – und überdies zog er die Fäustlinge an. Erst als wir an der Stelle angekommen waren, an der er uns einmal abgeholt hatte, streifte er den rechten Fäustling ab, drückte uns die Hand, sagte sein gewohntes „Gebe Gott Gesundheit!“ und rief dem Grauen ein kräftiges „Wjo!“ zu, so, als fürchtete er, wir könnten stehenbleiben. Er kehrte uns den Rücken zu. Es schneite. Er verschwand mit der Schnelligkeit eines Gespenstes im dichten Weiß.

Wir fuhren ins Lager. Kumin fragte nichts. Er nahm Tee und Machorka und fragte nichts. Er trennte uns. Ich kam in die Offiziersbaracke. Manes und Joseph Branco sah ich zweimal in der Woche, wenn wir Exerzierübungen machten. Sie sahen einander nicht an. Wenn ich manchmal an einen herantrat, um ihm etwas von meinem spärlichen Tabak zu geben, sagte mir jeder von ihnen, dienstlich und auf deutsch: „Danke gehorsamst, Herr Leutnant.“ – „Geht's?“ – „Jawohl!“ – Eines Tages fehlten sie beide, als man im Hof die Namen verlas. In der Baracke, auf meiner Pritsche, fand ich abends einen Zettel, mit einer Stecknadel auf mein Kissen geheftet. Drauf stand, in der Schrift Joseph Brancos: „Wir sind fort. Wir fahren nach Wien.“

XXIII

Ich traf sie wirklich in Wien, erst vier Jahre später.

Am Weihnachtsabend des Jahres 1918 kehrte ich heim. Elf zeigte die Uhr am Westbahnhof. Durch die Mariahilfer Straße ging ich. Ein körniger

Regen, mißratener Schnee und kümmerlicher Bruder des Hagels, fiel in schrägen Strichen vom mißgünstigen Himmel. Meine Kappe war nackt, man hatte ihr die Rosette abgerissen. Mein Kragen war nackt, man hatte ihm die Sterne abgerissen. Ich selbst war nackt. Die Steine waren nackt, die Mauern und die Dächer. Nackt waren die spärlichen Laternen. Der körnige Regen prasselte gegen ihr mattes Glas, als würfe der Himmel sandige Kiesel gegen arme, große Glasmurmeln. Die Mäntel der Wachtposten vor den öffentlichen Gebäuden wehten, und die Schöße blähten sich trotz der Nässe. Die aufgepflanzten Bajonette erschienen gar nicht echt, die Gewehre hingen halb schief an den Schultern der Leute. Es war, als wollten sich die Gewehre schlafen legen, müde wie wir, von vier Jahren Schießen. Ich war keineswegs erstaunt, daß mich die Leute nicht grüßten, meine nackte Kappe, mein nackter Blusenkragen verpflichteten niemanden. Ich rebellierte nicht. Es war nur jämmerlich. Es war das Ende. Ich dachte an den alten Traum meines Vaters, den von einer dreifältigen Monarchie, und daß er mich dazu bestimmt hatte, einmal seinen Traum wirklich zu machen. Mein Vater lag begraben auf dem Hietzinger Friedhof, und der Kaiser Franz Joseph, dessen treuer Deserteur er gewesen war, in der Kapuzinergruft. Ich war der Erbe, und der körnige Regen fiel über mich, und ich wanderte dem Hause meines Vaters und meiner Mutter zu. Ich machte einen Umweg. Ich ging an der Kapuzinergruft vorbei. Auch vor ihr ging ein Wachtposten auf und ab. Was hatte er noch zu bewachen? die Sarkophage? das Andenken? die Geschichte? Ich, ein Erbe, ich blieb eine Weile vor der Kirche stehen. Der Posten kümmerte sich nicht um mich. Ich zog die Kappe. Dann ging ich weiter dem väterlichen Hause zu, von einem Haus zum andern. Lebte meine Mutter noch? Ich hatte ihr zweimal von unterwegs meine Ankunft angezeigt.

Ich ging schneller. Lebte meine Mutter noch? Ich stand vor unserm Haus. Ich läutete. Es dauerte lange. Unsere alte Portiersfrau öffnete das Tor. „Frau Fanny!" rief ich. Sie erkannte mich sofort an der Stimme. Die Kerze flackerte, die Hand zitterte. „Man erwartet Sie, wir erwarten Sie, junger Herr. Nächtelang schlafen wir beide nicht, die gnädige Frau oben auch nicht.“ – Sie war in der Tat so angezogen, wie ich sie früher nur an Sonntagvormittagen gesehen hatte, niemals abends nach der Sperrstunde. Ich nahm zwei Stufen auf einmal.

Meine Mutter stand neben ihrem alten Lehnstuhl, in ihrem hochgeschlossenen schwarzen Kleid, die silbernen Haare hoch aus der Stirne gekämmt. Rückwärts über den rund gelegten zwei Zöpfen ragte der breite Bogenrand des Kammes, grau wie das Haar. Den Kragen und die engen Ärmel umrandeten die wohlvertrauten, weißen, schmalen Säume. Den alten Stock mit der Silberkrücke hob sie empor, eine Beschwörung, gegen den Himmel hob sie ihn hoch, gleichsam, als wäre ihr Arm nicht lang genug für einen so gewaltigen Dank. Sie rührte sich nicht, sie erwartete mich, und ihr Stillstehen schien mir wie ein Schreiten. Sie beugte sich über mich. Sie küßte mich nicht einmal auf die Stirn. Sie stützte mit zwei Fingern mein Kinn hoch, so daß ich das Gesicht hob, ich sah zum erstenmal, daß sie so viel größer war als ich. Sie blickte mich lange an. Dann geschah etwas Unwahrscheinliches, ja etwas Erschreckendes, mir Unfaßbares, fast Überirdisches: Meine Mutter hob meine Hand, bückte sich ein wenig und küßte sie zweimal. Ich zog schnell und verlegen den Mantel aus. „Den Rock auch“, sagte sie, „er ist ja naß!“ Ich legte auch die Bluse ab. Meine Mutter bemerkte, daß mein rechter Hemdärmel einen langen Riß hatte. „Zieh das Hemd aus, ich will es flicken“, sagte sie. „Nicht“, bat ich, „es ist nicht sauber.“ Niemals hätte ich in unserem Hause sagen dürfen, etwas sei dreckig oder schmutzig. Wie rasch diese zeremonielle Ausdrucksweise wieder lebendig wurde! Jetzt erst war ich zu Hause.

Ich sprach nichts, ich sah nur meine Mutter an und aß und trank, was sie für mich vorbereitet, auf hundert listigen Wegen wahrscheinlich erschlichen hatte. Alles, was es sonst damals für keinen in Wien gegeben hatte: gesalzene Mandeln, echtes Weizenbrot, zwei Rippen Schokolade, ein Probefläschchen Cognac und echten Kaffee. Sie setzte sich ans Klavier. Es war offen. Sie mochte es so stehengelassen haben, seit einigen Tagen, seit dem Tag, an dem ich ihr meine Ankunft mitgeteilt hatte. Wahrscheinlich wollte sie mir Chopin vorspielen. Sie wußte, daß ich die

Liebe für ihn als eine der wenigen Neigungen von meinem Vater geerbt hatte. An den dicken, gelben, bis zur Hälfte abgebrannten Kerzen in den bronzenen Leuchtern am Klavier merkte ich, daß meine Mutter jahrelang die Tasten nicht mehr angerührt hatte. Sie pflegte sonst jeden Abend zu spielen, und nur an Abenden und nur bei Kerzenlicht. Es waren noch die guten dicken und nahezu saftigen Kerzen einer alten Zeit, während des Krieges hatte es derlei bestimmt nicht mehr gegeben. Meine Mutter bat mich um Streichhölzer. Es war eine plumpe Schachtel, sie lag auf dem Kaminsims. Braun und vulgär, wie sie dalag, neben der kleinen Standuhr mit dem zarten Mädchengesicht, war sie fremd in diesem Raum, ein Eindringling. Es waren Schwefelhölzer, man mußte warten, bis sich ihr blaues Flämmchen in ein gesundes, normales verwandelte. Auch ihr Geruch war ein Eindringling. In unserem Salon hatte immer ein ganz bestimmter Duft geherrscht, gemischt aus dem Atem ferner, schon im Verblühen begriffener Veilchen und der herben Würze eines starken, frisch gekochten Kaffees. Was hatte hier der Schwefel zu suchen.

Meine Mutter legte die lieben alten weißen Hände auf die Tasten. Ich lehnte neben ihr. Ihre Finger glitten über die Tasten hin, aber aus dem Instrument kam kein Ton. Es war verstummt, einfach gestorben. Ich begriff nichts. Es mußte ein seltsames Phänomen sein; von Physik verstand ich nichts. Ich schlug selbst auf einige Tasten. Sie antworteten nicht. Es war gespenstisch. Neugierig hob ich den Klavierdeckel hoch. Das Instrument war hohl: die Saiten fehlten. „Es ist ja leer, Mutter!" sagte ich. Sie senkte den Kopf. „Ich hatte es ganz vergessen", begann sie ganz leise. „Ein paar Tage nach deiner Abreise hatte ich einen seltsamen Einfall. Ich wollte mich zwingen, nicht zu spielen. Ich hab' die Saiten entfernen lassen. Ich weiß nicht, was mir damals durch den Kopf gegangen ist. Ich weiß wirklich nicht mehr. Es war eine Sinnenverwirrung. Vielleicht sogar eine Geistesstörung. Ich habe mich jetzt erst erinnert."

Die Mutter sah mich an. In ihren Augen standen die Tränen, jene Art Tränen, die nicht fließen können und die wie stehende Gewässer sind. Ich fiel der alten Frau um den Hals. Sie streichelte meinen Kopf. „Du hast ja so viel Kohlenruß in den Haaren", sagte sie. Sie wiederholte es hintereinander ein paarmal. „Du hast ja so viel Kohlenruß in den Haaren! Geh und wasche dich!“

„Vor dem Schlafengehen“, bat ich. „Ich will noch nicht schlafen gehen“, sagte ich, wie einst als Kind. Und: „Laß mich noch etwas hier, Mama!“

Wir setzten uns an das kleine Tischchen vor dem Kamin. „Ich habe beim Aufräumen deine Zigaretten gefunden, zwei Schachteln Ägyptische, die du immer geraucht hast. Ich habe sie in feuchte Löschblätter gepackt. Sie sind noch ganz frisch. Willst du rauchen? Sie liegen am Fenster.“

Ja, das waren die alten Hundert-Packungen! Ich besah die Schachteln nach allen Seiten. Auf dem Deckel der einen stand, von meiner Schrift, gerade noch zu entziffern, der Name: Friedl Reichner, Hohenstaufengasse. Ich entsann mich sofort: Es war der Name einer hübschen Trafikantin, bei der ich offenbar diese Zigaretten gekauft hatte. Die alte Frau lächelte. „Wer ist es?“ fragte sie. „Ein nettes Mädchen, Mama! Ich habe sie nie wieder aufgesucht.“ – „Jetzt bist du zu alt geworden“, antwortete sie, „um Trafikantinnen zu verführen. Und außerdem gibt's diese Zigaretten gar nicht mehr ...“ Zum erstenmal hörte ich, wie meine Mutter eine Art von Scherz versuchte.

Es war wieder still eine Weile. Dann fragte meine Mutter: „Hast du viel gelitten, Bub?“ – „Nicht viel, Mutter.“ – „Hast dich nach deiner Elisabeth gesehnt?“ (Sie sagte nicht: „deiner Frau“, sondern: „deiner Elisabeth“ – und sie betonte das „deiner“.) – „Nein, Mama!“ – „Liebst sie noch?“ – „Es ist zu weit, Mama!“ – „Du fragst gar nicht nach ihr?“ – „Ich hab's eben tun wollen!“ – „Ich hab' sie selten gesehn“, sagte meine Mutter. „Deinen Schwiegerpapa häufiger. Vor zwei Monaten war er zuletzt hier. Sehr betrübt und dennoch voller Hoffnung. Der Krieg hat ihm Geld gebracht. Daß du gefangen bist, haben sie gewußt. Ich glaub', sie hätten es vorgezogen, dich in der Gefallenenliste zu sehen oder unter den Vermißten. Elisabeth ...“

„Ich kann mir's denken“, unterbrach ich.

„Nein, du kannst dir's nicht denken“, beharrte meine Mutter. „Rate, was aus ihr geworden ist?“

Ich vermutete das Schlimmste oder das, was in den Augen meiner Mutter als das Schlimmste gelten mochte.

„Eine Tänzerin?" fragte ich.

Meine Mutter schüttelte ernst den Kopf. Dann sagte sie traurig, beinahe düster: „Nein – eine Kunstgewerblerin. Weiß du, was das ist? Sie zeichnet – oder vielleicht schnitzt sie gar – verrückte Halsketten und Ringe, so moderne Dinger, weißt du, mit Ecken, und Agraffen aus Fichtenholz. Ich glaube auch, daß sie Teppiche aus Stroh flechten kann. Wie sie hier zuletzt war, hat sie mir einen Vortrag gehalten, wie ein Professor, über afrikanische Kunst, glaube ich. Einmal gar hat sie mir, ohne um Erlaubnis zu fragen, eine Freundin mitgebracht. Es war –", meine Mutter zögerte ein Weile, dann entschloß sie sich endlich zu sagen: „Es war ein Weibsbild mit kurzen Haaren."

„Ist das alles so schlimm?" sagte ich.

„Schlimmer noch, Bub! Wenn man anfängt, aus wertlosem Zeug etwas zu machen, was wie wertvoll aussieht! Wo soll das hinführen? Die Afrikaner tragen Muscheln, das ist immer noch was anderes. Wenn man schwindelt – gut. Aber diese Leute machen noch aus dem Schwindel einen Verdienst, Bub! Verstehst du das? Man wird mir nicht einreden, daß Baumwolle Leinen ist und daß man Lorbeerkränze aus Tannenzapfen macht."

Meine Mutter sagte all dies ganz langsam, mit ihrer gewöhnlichen stillen Stimme. Ihr Gesicht rötete sich.

„Hätte dir eine Tänzerin besser gefallen?"

Meine Mutter überlegte eine Weile, dann sagte sie zu meiner heftigen Verwunderung:

„Gewiß, Bub! Ich möcht' keine Tänzerin zur Tochter haben, aber eine Tänzerin ist ehrlich. Auch noch lockere Sitten sind deutlich. Es ist kein Betrug, es ist kein Schwindel. Mit einer Tänzerin hat deinesgleichen ein Verhältnis meinetwegen. Aber das Kunstgewerbe will ja verheiratet sein. Verstehst du nicht, Bub? Wenn du dich vom Krieg erholt hast, wirst du's selber sehen. Jedenfalls mußt du deine Elisabeth morgen früh aufsuchen. Und wo überhaupt werdet ihr wohnen? Und was wird aus eurem Leben überhaupt? Sie wohnt bei ihrem Vater. Um wieviel Uhr willst du morgen geweckt werden?"

„Ich weiß nicht, Mama!"

„Ich frühstücke um acht!" sagte sie.

„Dann sieben bitte, Mama!"

„Geh schlafen, Bub! Gute Nacht!"

Ich küßte ihr die Hand, sie küßte mich auf die Stirn. Ja, das war meine Mutter! Es war, als ob nichts geschehen wäre, als wäre ich nicht aus dem Krieg eben erst heimgekehrt, als wäre die Welt nicht zertrümmert, als wäre die Monarchie nicht zerstört, unser altes Vaterland mit seinen vielfältigen unverständlichen, aber unverrückbaren Gesetzen, Sitten, Gebräuchen, Neigungen, Gewohnheiten, Tugenden, Lastern noch vorhanden. Im Hause meiner Mutter stand man um sieben Uhr auf, obwohl man vier Nächte nicht geschlafen hatte. Gegen Mitternacht war ich angekommen. Jetzt schlug die alte Kaminuhr mit dem müden, zarten Mädchengesicht drei. Drei Stunden Zärtlichkeit genügten meiner Mutter. Genügten sie ihr? – Sie erlaubte sich jedenfalls keine Viertelstunde mehr, meine Mutter hatte recht; ich schlief bald mit dem trostreichen Bewußtsein ein, daß ich zu Hause war, mitten in einem zerstörten Vaterland, in einer Festung schlief ich ein. Meine alte Mutter wehrte mit ihrem alten schwarzen Krückstock die Verwirrungen ab.

XXIV

Noch hatte ich keinerlei Angst vor dem neuen Leben, das mich erwartete, wie man heutzutage sagt: Ich „realisierte" es noch nicht. Ich hielt mich vielmehr an die kleinen, stündlichen Aufgaben, die mir auferlegt waren: und ich glich etwa einem Menschen, der, vor einer beträchtlichen Treppe stehend, die er emporzusteigen gezwungen ist, deren erste Stufe für die gefährlichste hält.

Wir hatten keinen Diener mehr, nur ein Dienstmädchen. Der alte Hausmeister vertrat bei uns den Diener. Ich schickte ihn gegen neun Uhr früh mit Blumen und einem Brief zu meiner Frau. Ich kündigte meinen Besuch für elf Uhr vormittags an, wie ich es für gehörig hielt. Ich „machte Toilette", wie man zu meiner Zeit noch zu sagen pflegte. Meine Zivilkleider waren intakt. Ich machte mich zu Fuß auf den Weg. Ich kam eine Viertelstunde vor elf an und wartete im Kaffeehaus gegenüber. Um elf Uhr pünktlich läutete ich. „Die Herrschaften sind nicht zu Hause!" sagte man mir. Blumen und Brief waren abgegeben worden. Elisabeth hatte mir sagen lassen, ich möchte sie sofort in ihrem Büro in der Wollzeile aufsuchen. Ich begab mich also in die Wollzeile.

Ja, Elisabeth war da. An der Tür verkündete eine kleine Tafel: Atelier Elisabeth Trotta. Ich schreckte vor meinem Namen zurück.

„Servus!" sagte meine Frau. Und: „Laß dich anschaun!" Ich wollte ihr die Hand küssen, aber sie drückte meinen Arm herunter und brachte mich dadurch allein schon aus der Fassung. Es war die erste Frau, die meinen Arm hinunterdrückte, und es war meine Frau! Ich verspürte etwas von jenem Unbehagen, das mich immer bei dem Anblick von Anomalien und von menschliche Bewegungen vollführenden Mechanismen befallen hatte: zum Beispiel von irren Kranken oder von Frauen ohne Unterleib. Es war aber dennoch Elisabeth. Sie trug eine hochgeschlossene grüne Bluse mit Umlegekragen und langer, männlicher Krawatte. Ihr Gesicht war noch von dem zarten Flaum bedeckt, die Biegung des Nackens, wenn sie den Kopf senkte, erkannte ich noch, das nervöse Spiel der kräftigen, schlanken Finger auf dem Tisch.

Sie lehnte in einem Bürostuhl aus zitronengelbem Holz. Alles hier war zitronengelb, der Tisch und ein Bilderrahmen und die Verschalung der breiten Fenster und der nackte Fußboden. „Setz dich nur auf den Tisch!" sagte sie. „Nimm von den Zigaretten. Ich bin noch nicht vollkommen eingerichtet." Und sie erzählte mir, daß sie alles selbst aufgebaut habe.

„Mit diesen beiden Händen“, sagte sie und zeigte dabei auch ihre beiden schönen Hände. Und in dieser Woche noch kamen der Rest des Mobiliars und ein orangefarbener Fenstervorhang, und Orange und Zitrone gingen wohl zusammen. Schließlich, als sie mit ihrem Bericht fertig war – und sie sprach immer noch mit ihrer alten, etwas heiseren Stimme, die ich so geliebt hatte! –, sagte sie: „Was hast du die ganze Zeit getrieben?“ – „Ich habe mich treiben lassen!“ erwiderte ich. „Ich danke dir für die Blumen“, sagte sie. „Du schickst Blumen. Warum hast du nicht telephoniert?“ – „Bei uns gibt's kein Telephon!“ – „Also, erzähl!“ befahl sie – und zündete sich eine Zigarette an. Sie rauchte so, wie ich es seither bei vielen Frauen gesehen habe, die Zigarette in einem verzogenen Mundwinkel ansteckend, wodurch das Angesicht den Ausdruck jener Krankheit bekommt, die von den Medizinern facies partialis genannt wird, und mit einer schwer erworbenen Unbekümmertheit. „Ich erzähle später, Elisabeth“, sagte ich. – „Wie du willst!“ erwiderte sie. „Schau dir meine Mappe an.“ Sie zeigte mir ihre Entwürfe. „Sehr originell!“ sagte ich. Sie entwarf allerhand: Teppiche, Schals, Krawatten, Ringe, Armbänder, Leuchter, Lampenschirme. Alles war kantig. „Verstehst du?“ fragte sie. „Nein!“ – „Wie solltest du auch!“ – sagte sie. Und sie sah mich an. Es war Schmerz in ihrem Blick, und also fühlte ich wohl, daß sie unsere Brautnacht meinte. Auf einmal glaubte ich auch, eine Art Schuld zu fühlen. Aber wie sollte ich sie ausdrücken?

Die Tür wurde aufgerissen, und etwas Dunkles wehte herein, ein Stück Wind, eine junge Frau mit schwarzen, kurzen Haaren, schwarzen, großen Augen, dunkelgelbem Gesicht und starkem Schnurrbartflaum über roten Lippen und kräftigen, blanken Zähnen. Die Frau schmetterte etwas in den Raum, mir Unverständliches, ich stand auf, sie setzte sich auf den Tisch. „Das ist mein Mann!“ sagte Elisabeth. Ich begriff erst ein paar Minuten später, daß es „Jolanth“ war. „Du kennst Jolanth Szatmary nicht?“ fragte meine Frau. Ich erfuhr also, daß es eine berühmte Frau war. Noch besser als meine Frau verstand sie alles zu entwerfen, was das Kunstgewerbe unbedingt zu erfordern schien. Ich entschuldigte mich. Ich hatte in der

Tat weder in Wiatka noch unterwegs auf dem Transport den Namen Jolanth Szatmary vernommen.

„Wo ist der Alte?“ fragte Jolanth.

„Er muß bald kommen!“ sagte Elisabeth.

Der Alte war mein Schwiegervater. Bald darauf kam er auch. Er stieß das übliche „Ah!“ aus, als er mich sah, und umarmte mich. Er war gesund und munter. „Heil zurück!“ rief er so triumphierend, als hätte er selbst mich heimgebracht. – „Ende gut, alles gut!“ sagte er gleich darauf. Beide Frauen lachten. Ich fühlte mich erröten. „Gehn wir essen!“ befahl er. „Sieh her“, sagte er zu mir, „dies habe ich alles mit meinen beiden Händen aufgebaut!“ – Und er zeigte dabei seine Hände her. Elisabeth tat so, als suchte sie nach ihrem Mantel.

Also gingen wir essen, das heißt: wir fuhren eigentlich, denn mein Schwiegervater hatte freilich seinen Wagen und einen Chauffeur. „Ins Stammlokal!“ befahl er. Ich wagte nicht zu fragen, welches Restaurant sein Stammlokal war. Nun, es war mein altes, wohlvertrautes, in dem ich mit meinen Freunden so oft gesessen hatte, eines jener alten Gasthäuser von Wien, in denen die Wirte ihre Gäste besser kannten als ihre Kellner und in denen ein Gast kein zahlender Kunde war, sondern ein geheiligter Gast.

Nun aber war alles verändert: Fremde Kellner bedienten uns, die mich nicht kannten und denen mein leutseliger Schwiegervater die Hand gab. Auch hatte er hier seinen „Extratisch“. Ich war sehr fremd hier, fremder noch als fremd. Denn der Raum war mir vertraut, die Tapeten waren mir Freunde, die Fenster, der rauchgeschwärzte Plafond, der breite grüne Kachelofen und die blaugeränderte Vase aus Steingut mit den verwelkten Blumen auf dem Fenstersims. Fremde aber bedienten mich, und mit Fremden saß ich und aß ich an einem Tisch. Ihre Gespräche verstand ich nicht. Mein Schwiegervater, meine Frau Elisabeth, Jolanth Szatmary sprachen von Ausstellungen; Zeitschriften wollten sie gründen, Plakate drucken lassen, internationale Wirkungen erzielen – was weiß ich! „Wir nehmen dich mit hinein!“ sagte mein Schwiegervater von Zeit zu Zeit zu mir; und ich hatte keine Ahnung, wohin er mich mit „hineinnehmen“

wollte. Ja, die Vorstellung allein schon, ich könnte „hineingenommen werden“, bereitete mir Pein.

„Anschreiben!“ rief mein Schwiegervater, als wir fertig waren. In diesem Augenblick tauchte hinter der Theke Leopold auf, der Großvater Leopold. Vor sechs Jahren schon hatten wir ihn Großvater Leopold genannt. „Großpapa!“ rief ich, und er kam hervor. Er mochte schon mehr als siebzig zählen. Er ging auf den zittrigen Beinen und den auswärts gekehrten Füßen, die ein Kennzeichen langgedienter Kellner sind. Seine hellen, erblaßten, rotgeränderten Augen hinter dem wackelnden Pincenez erkannten mich sofort. Schon lächelte sein zahnloser Mund, schon spreizten sich seine weißen Backenbartflügel. Er glitschte mir entgegen und nahm meine Hand zärtlich, wie man einen Vogel anfaßt. „Oh, gut, daß Sie wenigstens da sind!“ krähte er. „Kommen Sie bald wieder! Werde mir die Ehre nehmen, den Herrn selbst zu bedienen!“ Und ohne sich um die Gäste zu kümmern, rief er zu der Wirtin hinter der Kasse hinüber: „Endlich ein Gast!“ – Mein Schwiegervater lachte.

Ich mußte mit meinem Schwiegervater sprechen. Jetzt überblickte ich, so schien es mir, die ganze Treppe, vor der ich stand. Unzählige Stufen hatte sie, und immer steiler wurde sie. Freilich, man konnte Elisabeth verlassen und sich nicht mehr um sie kümmern. An diese Möglichkeit dachte ich aber damals gar nicht. Sie war meine Frau. (Auch heute noch lebe ich in dem Bewußtsein, daß sie meine Frau ist.) Vielleicht hatte ich mich gegen sie vergangen; sicherlich sogar. Vielleicht auch war es die alte, nur halb erstickte Liebe, die mich glauben ließ, es triebe mich lediglich mein Gewissen. Vielleicht war's mein Verlangen, das törichte Verlangen aller jungen und jugendlichen Männer, die Frau, die sie einmal geliebt, später vergessen haben und die sich verändert hat, um jeden Preis noch einmal zurückzuverwandeln; aus Eigensucht. Genug, ich mußte mit meinem Schwiegervater sprechen, hierauf mit Elisabeth.

Ich traf den Schwiegervater in der Bar des alten Hotels, in der man mich sehr wohl kennen mußte. Um sicher zu sein, machte ich dort eine halbe Stunde vorher eine Art Rekognoszierung. Ja, sie lebten noch alle, zwei Kellner waren heimgekehrt und der Barmann auch. Ja, man erinnerte sich sogar noch, daß ich ein paar Schulden hatte – und wie wohl tat auch dieses mir! Alles war still und sanft. Das Tageslicht fiel milde durch das Glasdach. Es gab kein Fenster. Es gab noch alte, gute Getränke aus der Zeit vor dem Krieg. Als mein Schwiegervater kam, bestellte ich Cognac. Man brachte mir den alten Napoleon, wie einst. „Ein Teufelsbub!" sagte mein Schwiegervater. Nun, das war ich keineswegs.

Ich sagte ihm, daß ich nunmehr mein Leben regeln müsse, unser Leben vielmehr. Ich sei, so sagte ich, keineswegs gesonnen, das Entscheidende hinauszuschieben. Ich müßte alles sofort wissen. Ich sei ein systematischer Mensch.

Er hörte alles ruhig an. Dann begann er: „Ich will dir alles offen sagen. Erstens weiß ich nicht, ob Elisabeth noch geneigt wäre, mit dir zu leben, das heißt, ob sie dich liebt; das ist deine, das ist eure Sache. Zweitens: Wovon willst du leben? Was kannst du überhaupt? Vor dem Krieg warst du ein reicher junger Mann aus guter Gesellschaft, das heißt aus jener Gesellschaft, der mein Bubi angehört hat." „Bubi!" – Es war mein Schwager. Es war Bubi, den ich nie hatte leiden mögen. Ich hatte ihn ganz vergessen. „Wo ist er?" fragte ich. „Gefallen!" antwortete mein Schwiegervater. Er blieb still und trank mit einem Zug das Glas leer. „1916 ist er gefallen", fügte er hinzu. Zum erstenmal erschien er mir nahe und vertraut.

„Also", fuhr er fort, „du hast nichts, du hast keinen Beruf. Ich selbst bin Kommerzialrat und sogar geadelt. Aber das bedeutet jetzt nichts. Die Heeresverwaltungsstelle ist mir noch Hunderttausende schuldig. Man wird sie mir nicht zahlen. Ich habe nur Kredit und ein wenig Geld auf der Bank. Ich bin noch jung. Ich kann was Neues, was Großes unternehmen. Ich versuche es jetzt, wie du siehst, mit dem Kunstgewerbe. Elisabeth hat bei dieser berühmten Jolanth Szatmary gelernt. „Werkstatt Jolanth"; unter dieser Marke könnte der Kram in die ganze Welt hinaus. Und außerdem", setzte er träumerisch hinzu, „habe ich noch ein paar Eisen im Feuer."

Diese Wendung genügte mir, um mir ihn aufs neue unsympathisch zu machen. Er hatte es wohl gefühlt, denn er sagte gleich darauf: „Ihr habt kein Geld mehr, ich weiß es, deine Frau Mutter ahnt es noch nicht. Ich kann dich irgendwo mit hineinnehmen, wenn du magst. Aber sprich zuerst mit Elisabeth. Servus!“

XXV

Ich sprach also zuerst mit Elisabeth. Es war, als grübe ich etwas aus, was ich selbst der Erde übergeben hatte. Trieb mich ein Gefühl, zog mich Leidenschaft zu Elisabeth hin? Von Geburt und Erziehung dazu geneigt, Verantwortungen zu tragen, und auch aus einem starken Widerstand gegen die Ordnung, die rings um mich herrschte und in der ich mich nicht auskannte, fühlte ich mich gezwungen, vor allem Ordnung in meinen eigenen Angelegenheiten zu schaffen.

Elisabeth kam zwar zur verabredeten Stunde in jene Konditorei im Innern der Stadt, wo wir uns früher, in der Zeit meiner ersten Verliebtheit, getroffen hatten. Ich erwartete sie an unserm alten Tisch. Erinnerung, sogar Sentimentalität ergriff mich. Die marmorne Tischplatte mußte, so schien es mir, noch einige Spuren unserer, ihrer Hände aufweisen. Gewiß eine kindische, eine lächerliche Idee. Ich wußte es, aber ich zwang mich zu ihr, zwängte mich geradezu in sie ein, gewissermaßen, um zu dem Bedürfnis, „Ordnung zu schaffen in meinem Leben“, noch irgendein Gefühl fügen zu können und also meine Aussprache mit Elisabeth nach beiden Seiten hin zu rechtfertigen. Damals machte ich zum erstenmal die Erfahrung, daß wir nur flüchtig erleben, hurtig vergessen und flüchtig sind wie kein anderes Geschöpf auf Erden. Ich hatte Angst vor Elisabeth; den Krieg, die Gefangenschaft, Wiatka, die Rückkehr hatte ich fast schon ausgelöscht. Alle meine Erlebnisse brachte ich nur mehr noch in Beziehung zu Elisabeth. Und was bedeutete sie eigentlich, verglichen mit dem Verlust meiner Freunde Joseph Branco, Manes Reisiger, Jan Baranovitsch und meiner Heimat, meiner Welt? Nicht einmal meine Frau war Elisabeth, nach dem Wort und dem Sinn der bürgerlichen wie der kirchlichen Gesetze. (In der alten Monarchie hätten wir uns leicht scheiden lassen können, geschweige denn jetzt.) Hatte ich noch

Verlangen nach ihr? Ich sah auf die Uhr. In fünf Minuten mußte sie dasein, und ich wünschte, sie möchte zumindest noch eine halbe Stunde zögern. Vor Angst aß ich die kleinen Schokoladetörtchen aus Zichorie und Zimt, die unsere Augen allein bestechen, aber unseren Gaumen nicht täuschen konnten. (Es gab keinen Schnaps in der Konditorei.)

Elisabeth kam. Sie kam nicht allein. Ihre Freundin Jolanth Szatmary begleitete sie. Ich hatte natürlich erwartet, daß sie allein kommen würde. Als aber auch Jolanth Szatmary erschien, wunderte ich mich gar nicht darüber. Es war mir klar, daß Elisabeth ohne diese Frau nicht gekommen wäre, nicht hätte kommen können. Und ich verstand.

Ich hatte keinerlei Vorurteile, o nein! In der Welt, in der ich groß geworden war, galt ein Vorurteil beinahe als ein Zeichen der Vulgarität. Allein, das als verboten Geltende öffentlich zu demonstrieren erschien mir billig. Wahrscheinlich hätte Elisabeth eine Frau, in die sie nicht verliebt war, zu unserer Zusammenkunft nicht mitgehen lassen. Hier mußte sie gehorchen.

Erstaunlich war die Ähnlichkeit der beiden, obwohl sie so verschieden geartet waren und so verschieden von Gesicht. Dies kam von der Ähnlichkeit ihrer Kleidung und ihrer Gebärden. Man hätte sagen können, sie seien einander ähnlich wie Schwestern oder vielmehr wie Brüder. Wie Männer zu tun pflegten, zögerten sie vor der Tür, welche von beiden der andern den Vortritt lassen solle. Wie Männer zu tun pflegen, zögerten sie noch am Tisch, welche von beiden sich zuerst setzen sollte. Ich machte auch nicht einmal einen schüchternen Versuch mehr, der einen und der andern die Hand zu küssen. Ich war ein lächerliches Ding in ihren Augen, Sohn eines kümmerlichen Geschlechts, einer fremden, geringgeschätzten Rasse, zeit meines Lebens unfähig, die Weihen der Kaste zu empfangen, der sie angehörten, und der Geheimnisse teilhaft zu werden, die sie hüteten. Ich war noch in den infamen Vorstellungen begriffen, daß sie einem schwachen, gar einem inferioren Geschlecht angehörten, und frech genug, diese meine Vorstellungen durch Galanterie deutlich zu machen. Entschlossen und geschlossen saßen sie neben mir, als hätte ich sie herausgefordert. Zwischen den beiden war ein stummer, aber sehr deutlicher Bund gegen mich gültig. Er war sichtbar. Auch wenn ich das Gleichgültigste sagte, tauchten sie ihre Blicke ineinander, wie zwei Menschen, die schon längst gewußt haben, welcher Art ich sei und welcher Äußerungen fähig. Manchmal lächelte die eine, und den Bruchteil einer Sekunde später wiederholte sich das gleiche Lächeln um die Lippen der anderen. Von Zeit zu Zeit glaubte ich zu bemerken, daß Elisabeth sich mir zuneigte, mir einen verstohlenen Blick zu schenken versuchte, als hätte sie mir beweisen wollen, daß sie eigentlich zu mir gehöre und daß sie nur der Freundin gehorchen müsse, gegen Willen und Neigung. Wovon hatten wir zu sprechen? Ich erkundigte mich nach ihrer Arbeit. Ich vernahm einen Vortrag über die Unfähigkeit Europas, Materialien, Intentionen, Genialität des Primitiven zu erkennen. Notwendig war es, den ganzen verirrten Kunstgeschmack des Europäers auf den rechten, natürlichen Weg zu bringen. Der Schmuck war, soviel ich verstand, ein Nutzgegenstand. Ich zweifelte nicht daran. Ich sagte es auch. Auch gab ich bereitwillig zu, daß der Kunstgeschmack der Europäer verirrt sei. Ich konnte nur nicht einsehen, weshalb lediglich dieser verirrte Kunstgeschmack allein schuld sein sollte an dem ganzen Weltuntergang; vielmehr sei er doch eine Folge, sicherlich nur ein Symptom.

„Symptom!" rief die Frau Jolanth. „Ich hab' dir gleich gesagt, Elisabeth, daß er ein unheilbarer Optimist ist! Hab' ich ihn nicht auf den ersten Blick erkannt?" – Dabei legte Frau Jolanth ihre beiden kleinen, breiten Hände auf die Hand Elisabeths. Bei dieser Bewegung glitten die Handschuhe der Frau Jolanth von ihrem Schoß auf den Boden, ich bückte mich, aber sie stieß mich heftig zurück. „Verzeihen Sie", sagte ich, „ich bin ein Optimist."

„Sie mit Ihren Symptomen!" rief sie aus. Es war mir klar, daß sie das Wort nicht verstand.

„Um acht Uhr spricht Harufax über freiwillige Sterilisierung", sagte Frau Jolanth. „Vergiß nicht, Elisabeth! Jetzt ist sieben."

„Ich vergess' nicht", sagte Elisabeth.

Frau Jolanth erhob sich, mit einem schnellen Blick befahl sie Elisabeth, ihr zu folgen. „Entschuldige!“ sagte Elisabeth. Gehorsam folgte sie der Frau Jolanth in die Toilette.

Sie blieben ein paar Minuten weg, Zeit genug für mich, um mir darüber klarzuwerden, daß ich die Verwirrung nur noch steigerte, wenn ich darauf beharrte, „Ordnung in mein Leben zu bringen“. Ich geriet nicht nur allein in die Verworrenheit, ich vergrößerte sogar auch noch die allgemeine. So weit war ich mit meinem Überlegen, als die Frauen zurückkamen. Sie zahlten. Ich kam gar nicht dazu, die Kellnerin zu rufen. Aus Angst, ich könnte ihnen zuvorkommen und ihre Selbständigkeit beeinträchtigen, hatten sie die Kellnerin unterwegs auf dem kurzen Wege zwischen Toilette und Kassa sozusagen arretiert. Elisabeth drückte mir ein zusammengerolltes Stückchen Papier beim Abschied in die Hand. Fort waren sie zu Harufax, zur Sterilisierung. Ich rollte den kleinen Zettel auf. „Zehn Uhr abends Café Museum, allein“, hatte Elisabeth darauf geschrieben. Die Verwirrung sollte kein Ende nehmen.

Das Kaffeehaus stank nach Karbid, das heißt nach faulenden Zwiebeln und Kadavern. Es gab kein elektrisches Licht. Es fällt mir äußerst schwer, mich bei penetranten Gerüchen zu sammeln. Geruch ist stärker als Geräusch. Ich wartete stumpf und ohne die geringste Lust, Elisabeth wiederzusehen. Ich hatte auch gar keine Lust mehr, „Ordnung zu schaffen“. Es war, als ob das Karbid mich endgültig von der wirklichen Rückständigkeit meines Bemühens, Ordnung zu schaffen, überzeugt hätte. Ich wartete nur noch aus Galanterie. Aber sie konnte nicht länger dauern als die sogenannte Polizeistunde. Und eigentlich fand ich nun diese Einrichtung, gegen die ich mich sonst empört hatte, als ein außergewöhnliches Entgegenkommen der Behörden. Gewiß wußten sie, was sie taten, diese Behörden. Sie zwangen unsereinen, unsere unpassenden Eigenschaften abzulegen und unsere heillosen Mißverständnisse zu berichtigen.

Dennoch kam Elisabeth, eine halbe Stunde vor Schluß. Sie war hübsch, wie sie so hereinstürmte, etwas gejagtes Wild, in ihrem halbkurzen Biberpelz, Schnee in den Haaren und in den langen Wimpern und schmelzende Schneetropfen auf den Wangen. Es sah aus, als käme sie aus dem Wald zu mir geflüchtet.

„Ich hab' der Jolanth gesagt, daß Papa krank ist“, begann sie. Und schon standen Tränen in ihren Augen. Sie begann zu schluchzen. Ja, obwohl sie einen männlichen Kragen mit Krawatte unter dem offenen Pelz zeigte, schluchzte sie. Behutsam nahm ich ihre Hand und küßte sie. Elisabeth war keineswegs mehr in der Stimmung, meinen Arm hinunterzudrücken. Der Kellner kam, schon übernächtig. Nur zwei Karbidlampen brannten noch. Ich dachte, sie würde einen Likör bestellen. Aber sie wünschte sich freilich Würstel mit Kren. Weinende Frauen haben Appetit, dachte ich. Außerdem rechtfertigte der Kren die Tränen. Der Appetit rührte mich. Die Zärtlichkeit überfiel mich, die verräterische, verhängnisvolle, männliche Zärtlichkeit. Ich legte den Arm um ihre Schultern. Sie lehnte sich zurück, mit einer Hand die Würstel in den Kren tauchend. Ihre Tränen rannen noch, aber sie hatten ebensowenig Bedeutung wie die schmelzenden Schneetropfen auf dem Biberpelz.

„Ich bin ja deine Frau“, seufzte sie. Aber es klang eher wie ein Jauchzen.

„Gewiß“, erwiderte ich. Brüsk setzte sie sich wieder aufrecht hin. Sie bestellte noch ein Paar Würstel mit Kren und Bier.

Da man nun auch die vorletzte Karbidlampe auslöschte, mußten wir trachten, das Kaffeehaus zu verlassen. „Jolanth erwartet mich“, sagte Elisabeth vor der Tür des Cafés. „Ich werde dich begleiten“, sagte ich. Wir gingen still nebeneinander her. Ein lässiger, gleichsam verfaulender Schnee fiel hernieder. Die Laternen versagten, auch sie faul. Ein Körnchen Licht bargen sie in ihren gläsernen Gehäusen, geizig und gehässig. Sie erhellten die Straßen nicht, sie verfinsterten sie.

Als wir das Haus der Frau Jolanth Szatmary erreichten, sagte Elisabeth: „Hier ist es, auf Wiedersehen!“ Ich verabschiedete mich. Ich fragte, wann ich kommen dürfe. Ich machte Anstalten umzukehren. Plötzlich streckte mir Elisabeth beide Hände entgegen. „Laß mich nicht“, sagte sie. „Ich gehe mit dir.“ –

Nun, ich nahm sie mit. Ich konnte mit Elisabeth in keines jener Häuser eintreten, in denen man mich aus vergangenen Zeiten vielleicht noch kennen mochte. In dieser großen, verwaisten, finsteren Stadt irrten wir wie zwei Waisenkinder umher. Elisabeth hielt sich fest an meinem Arm. Durch ihren Pelz spürte ich ihr flatterndes Herz. Manchmal blieben wir unter einer der spärlichen Laternen stehen, dann sah ich in ihr nasses Gesicht. Ich wußte nicht, ob es Tränen waren oder Schnee.

Wir waren, kaum daß wir es wußten, am Franz-Josephs-Kai angelangt. Ohne daß wir es wußten, gingen wir über die Augartenbrücke. Es schneite immer noch, faul und häßlich, und wir sprachen kein Wort. Ein winziges Sternlicht leuchtete uns von einem Haus in der Unteren Augartenstraße entgegen. Wir wußten beide, was der Stern ankündigen wollte. Wir gingen ihm entgegen.

Die Tapeten waren giftgrün, wie gewöhnlich. Es gab keine Beleuchtung. Der Portier zündete eine Kerze an, ließ ein paar Tropfen abschmelzen und klebte sie auf den Nachttisch. Über dem Waschbecken hing ein Handtuch. Eingestickt darin waren mitten in einem grünen, kreisrunden Kranz die Worte „Grüß Gott!“ mit blutrotem Faden.

In diesem Zimmer, in dieser Nacht liebte ich Elisabeth. „Ich bin gefangen“, sagte sie mir. „Die Jolanth hat mich gefangengenommen. Ich hätte damals nicht weggehen sollen, in Baden, als Jacques gestorben ist.“

„Du bist nicht gefangen“, sagte ich. „Du bist bei mir, du bist meine Frau.“

Alle Geheimnisse ihres Körpers suchte ich zu erforschen, und ihr Körper hatte deren viele. Ein jugendlicher Ehrgeiz – ich hielt ihn damals für einen männlichen – gebot mir, alle Spuren auszulöschen, die Jolanth zurückgelassen haben könnte. War es Ehrgeiz? War es Eifersucht?

Langsam kroch der winterliche Morgen über die giftgrüne Tapete. Elisabeth weckte mich. Sie sah sehr fremd aus, wie sie mich so anblickte. Schrecken in den Augen und Vorwurf; ja, auch Vorwurf war in ihren Augen. Ihre strenge Krawatte, silbergrau, hing, einem kleinen Schwert ähnlich, über der Sessellehne. Sie küßte mich sachte auf die Augen, fuhr plötzlich auf und schrie: „Jolanth!“

Wir kleideten uns hastig an, in einer unnennbaren Scham. Der frühe Tag war schaurig. Es regnete winzige Hagelkörner. Wir hatten einen weiten Weg. Die Tramways verkehrten noch nicht. Wir gingen eine Stunde gegen den körnigen Regen bis zum Haus Elisabeths. Sie streifte die Handschuhe ab. Ihre Hand war kalt. „Auf Wiedersehen!“ rief ich ihr nach. Sie wandte sich nicht um.

XXVI

Es war acht Uhr. Meine Mutter saß schon beim Frühstück, wie an allen Tagen. Der Ritus unserer Begegnung vollzog sich wie gewöhnlich. „Guten Morgen, Mama!“ Meine Mutter überraschte mich heute mit einem „Servus, Bub!“ Längst hatte ich diesen burschikosen Gruß nicht mehr aus ihrem Munde vernommen. Wann mochte sie ihn wohl zuletzt gebraucht haben? Vor zehn, vor fünfzehn Jahren vielleicht, als ich noch Gymnasiast war, in den Ferien, wenn ich am Frühstückstisch sitzen konnte. Damals pflegte sie noch manchmal den harmlosen Scherz hinzuzufügen, der ihr selbst sehr pointiert erscheinen mochte. Sie sagte nämlich, auf den Sessel deutend, auf dem ich saß: „Nun, drückt dich die Schulbank?“ Einmal hatte ich „Jawohl, Mama!“ geantwortet, und ich durfte dann drei Tage nicht mehr am Tisch sitzen.

Sie ging heute sogar dazu über, sich über die Marmelade zu beschweren. „Ich begreife nicht“, sagte sie, „woher die so viele Rüben hernehmen! Koste, Bub! Es ist gesund, haben sie geschrieben. Hol sie ...“ Sie unterbrach sich, sie sprach Flüche niemals ganz aus. Ich aß Rüben und Margarine und trank Kaffee. Der Kaffee war gut. Ich bemerkte, daß mir unser Dienstmädchen aus einer anderen Kanne einschenkte, und ich begriff, daß die alte Frau den guten, mühselig erschlichenen Meinl-Kaffee für mich aufbewahrt hatte und sich selbst mit ihrem bitteren Zichorienzeug begnügte. Aber ich konnte mir nicht anmerken lassen, daß ich es wußte. Meine Mutter litt nicht, daß man ihre kleinen strategischen Züge durchschaute. Man mußte sich blindstellen. Ihre Eitelkeit war so groß, daß sie zuweilen sogar rachsüchtig werden konnte.

„Du hast also deine Elisabeth getroffen", begann sie unmittelbar. „Ich weiß es, dein Schwiegervater war gestern hier. Wenn ich mir ein wenig Mühe gebe, verstehe ich ihn vollkommen. Er war zirka zwei Stunden hier. Er hat mir erzählt, daß du mit ihm gesprochen hast. Ich hab' ihm gesagt, daß ich es von dir erfahren könnte, aber er hat sich nicht aufhalten lassen. Du willst also dein Leben ordnen – hab' ich gehört. Was sagt Elisabeth dazu?"

„Ich war mit ihr zusammen."

„Wo? Warum nicht hier?"

„Ich hab's nicht gewußt, Mama. Es war zu spät."

„Er will dich also irgendwo mit hineinnehmen, sagte er. Du kannst nichts. Du kannst keine Frau ernähren. Ich weiß nicht, wo er dich hineinzunehmen gedenkt, immerhin müßtest du irgendeine Beteiligung aufbringen. Und wir haben nichts. Es ist alles in Kriegsanleihe angelegt. Verloren also, wie der Krieg. Uns bleibt dieses Haus. Man könnte, meinte er, eine Hypothek aufnehmen. Du könntest einmal mit unserm Doktor Kiniower sprechen. Aber wo sollst du arbeiten, und was sollst du arbeiten? Verstehst du was von diesem Kunstgewerbe? Dein Schwiegervater versteht sehr viel davon. Sein Vortrag war noch ausführlicher als der von deiner Elisabeth. Und was ist das für eine Frau Professor Jolanth Keczkemet?"

„Szatmary, Mama!" verbesserte ich.

„Meinetwegen Szekely", gab meine Mutter zu. „Aber wer ist das?"

„Sie hat kurze Haare, Mama, und ich kann sie nicht leiden."

„Und Elisabeth ist ihre Freundin?"

„Eine sehr gute Freundin!"

„Eine sehr gute, sagst du?"

„Jawohl, Mama!"

„Aha!" sagte sie. „Dann laß das, Bub. Ich kenne derlei Freundschaften vom Hörensagen. Es genügt mir. Ich hab' manches gelesen, Bub! Du ahnst nicht, wieviel ich weiß; ein Freund wäre besser gewesen. Frauen sind kaum abzuschaffen. Und seit wann gibt's Frauen, die Professoren sind? Und von welcher Wissenschaft ist diese Keczkemet Professor?“

„Szatmary, Mama!“ verbesserte ich.

„Meinetwegen: Lakatos“, sagte meine Mutter nach einiger Überlegung.

„Also, was willst du gegen einen weiblichen Professor, Bub? Ein Ringkämpfer oder ein Schauspieler, das ist was anderes!“

Wie wenig hatte ich meine Mutter gekannt! Diese alte Frau, die nur einmal in der Woche in den Stadtpark ging, um zwei Stunden lang „Luft zu schöpfen“ und zu dem gleichen Zweck nur einmal im Monat im Fiaker bis zum Praterspitz zu fahren pflegte, wußte sogar über das sogenannte Verkehrte Bescheid. Wieviel mochte sie lesen, wie klar mußte sie überlegen und denken – in den langen, einsamen Stunden, die sie zu Hause verbrachte, auf ihren schwarzen Stock gestützt, wandelnd von einem unserer dunkel-gedämpften Zimmer ins andere, so einsam und so reich, so ahnungslos und so wissend, so weltfremd und so weltklug! Aber ich mußte Elisabeth verteidigen, was könnte meine Mutter denken, wenn ich es nicht täte! Es war meine Frau, ich kam soeben aus unserer Umarmung, noch fühlte ich in der Höhlung meiner Hände die glatte Kühle ihrer jungen Brüste, noch atmete ich den Duft ihres Körpers, noch lebte das Spiegelbild ihres Angesichts mit den beseligten, halbgeschlossenen Augen in meinen eigenen, und auf meinem Munde ruhte das Siegel ihrer Lippen. Ich mußte sie verteidigen – und während ich sie verteidigte, begann ich, sie aufs neue zu lieben.

„Diese Frau Professor Szatmary“, sagte ich, „kann nichts gegen mich. Elisabeth liebt mich, ich bin dessen sicher. Gestern zum Beispiel ...“

Meine Mutter ließ mich nicht ausreden: „Und heute?“ fiel sie ein. „Heute ist sie wieder bei der Professor Halaszy!“

„Szatmary, Mama!“

„Ich geb' nichts auf derlei Namen, Bub, das weißt du, korrigiere mich nicht immerzu! Gedenkst du, mit Elisabeth zu leben, so mußt du sie erhalten. Du mußt also, wie dein Schwiegervater sagt, eine Hypothek auf unser Haus aufnehmen. Dann mußt du dich irgendwo mit hineinnehmen lassen, wie dein Schwiegervater sagt. Was sag' ich: unser Haus? Es ist dein Haus! Dann muß diese Professorin mit dem verflixten Namen sich damit begnügen, neue Korallen aus Tannenzapfen herzustellen – in Gottes Namen! Im Parterre haben wir noch eine Wohnung frei, vier Zimmer, glaub' ich, der Hausmeister weiß es. Ich hab' noch etwas auf der Bank, ich teile mit dir, frag den Doktor Kiniower wieviel! Kochen können wir gemeinsam. Kann Elisabeth kochen?"

„Ich glaube nicht, Mama!"

„Ich hab's einmal gekonnt", sagte meine Mutter, „ich werd' mich wohl schon erinnern! Hauptsache ist, daß du mit Elisabeth leben kannst. Und sie mit dir!"

Sie sagte nicht mehr: deine Elisabeth, ich hielt es für ein Zeichen besonderer mütterlicher Gnade.

„Geh in die Stadt, Bub. Such deine Freunde auf! Vielleicht leben sie noch. Was glaubst du? Wenn du in die Stadt gingst?"

„Jawohl, Mama!" sagte ich, und ich ging zu Stellmacher ins Kriegsministerium, um mich nach meinen Freunden zu erkundigen. Stellmacher mußte immer vorhanden sein. Mochte das Kriegsministerium jetzt auch nur noch ein Staatssekretariat sein! Stellmacher war gewiß vorhanden.

Er war vorhanden, alt, eisgrau und gebeugt. Er saß da, hinter dem alten Schreibtisch, in seinem alten Zimmer. Aber er war in Zivil, in einem seltsamen, allzu weiten Anzug, der um seinen Körper schlotterte und außerdem noch gewendet war. Von Zeit zu Zeit griff er mit zwei Fingern zwischen Hals und Kragen. Das steife Leinen störte ihn. Seine Manschetten störten ihn. Er stieß sie immer wieder am Tischrand in die Ärmel zurück. Er wußte einigermaßen Bescheid: Chojnicki lebte noch, er wohnte auf der Wieden; Dworak, Szechenyi, Hallersberg, Lichtenthal, Strohhofer spielten jeden Tag Schach im Café Josefinum in der Währinger

Straße. Stejskal, Halasz und Grünberger waren verschollen. Ich ging zuerst zu Chojnicki auf der Wieden.

Er saß in seinem alten Salon, in seiner alten Wohnung. Er war kaum zu erkennen, denn er hatte sich den Schnurrbart rasieren lassen. „Warum, wozu?“ fragte ich ihn. „Damit ich wie mein Diener aussehe. Ich bin mein eigener Lakai. Ich öffne mir selber die Tür. Ich putze mir selbst die Stiefel. Ich klingle, wenn ich was brauche, und komme selbst herein. Herr Graf befehlen? – Zigaretten! – Hierauf schicke ich mich in die Tabak-Trafik. Essen kann ich noch umsonst bei der Alten.“ – Darunter verstand man in unserm Kreis die Frau Sacher. „Wein bekomme ich noch beim Dicken.“ – Darunter verstand man in unserm Kreis den Lautgartner in Hietzing. „Und der Xandl ist verrückt im Steinhof“, so schloß Chojnicki seinen tristen Bericht.

„Verrückt?“

„Total verrückt. Jede Woche besuch' ich ihn. Das Krokodil“, es war der Onkel der Brüder Chojnicki, Sapieha, „hat die Güter mit Beschlag belegt. Er ist der Kurator Xandls. Ich habe gar kein Einspruchsrecht. Diese Wohnung ist verpfändet. Noch drei Wochen kann ich hier bleiben. Und du, Trotta?“

„Ich will eine Hypothek auf unser Haus nehmen. Ich hab' geheiratet, du weißt. Ich muß eine Frau erhalten.“ – „Oh, oh, geheiratet!“ rief Chojnicki. „Das hab' ich auch. Aber meine Frau ist in Polen. Möge Gott sie dort erhalten, lange und gesund. Ich habe mich entschlossen“, fuhr er fort, „dem Allmächtigen alles zu überlassen. Er hat mir die Suppe eingebrockt, die Untergangssuppe, und ich weigere mich, sie auszulöffeln.“ Er schwieg eine Weile, dann hieb er mit der Faust auf den Tisch und schrie: „An allem seid ihr schuld, ihr, ihr“, er suchte nach einem Ausdruck, „ihr Gelichter“, fiel ihm endlich ein, „ihr habt mit euren leichtfertigen Kaffeehauswitzen den Staat zerstört. Mein Xandl hat's immer prophezeit. Ihr habt nicht sehen wollen, daß diese Alpentrottel und die Sudetenböhmen, diese kretinischen Nibelungen, unsere Nationalitäten so lange beleidigt und geschändet haben, bis sie anfingen, die Monarchie zu hassen und zu verraten. Nicht unsere Tschechen, nicht unsere Serben, nicht unsere Polen, nicht unsere Ruthenen haben verraten, sondern nur unsere Deutschen, das Staatsvolk."

„Aber meine Familie ist slowenisch", sagte ich.

„Verzeih", sagte er leise. „Ich hab' nur keine Deutschen in der Nähe. Einen Sudetendeutschen her!" schrie er plötzlich wieder, „und ich erwürge ihn! – Gehn wir, suchen wir ihn auf! Komm! – Wir ziehen ins Josefinum."

Dworak, Szechenyi, Hallersberg, Lichtenthal und Strohhofer saßen dort, die meisten noch in Uniform. Sie alle gehörten der alten Gesellschaft an. Die Adelstitel waren verboten, was machte es? „Wer mich nicht beim Vornamen kennt", sagte Szechenyi, „hat überhaupt keine gute Erziehung genossen!" – Sie spielten unermüdlich Schach. – „Wo ist der Sudet?" rief Chojnicki. „Hier bin ich!" sagte der Sudet. Er war ein Kiebitz. Papa Kunz, alter Sozialdemokrat, Redakteur des Parteiblatts und jeden Augenblick bereit, historisch zu beweisen, daß die Österreicher eigentlich Deutsche seien. „Beweisen Sie!" rief Szechenyi. Papa Kunz bestellte einen doppelten Sliwowitz und machte sich an seinen Beweis. – Niemand hörte ihm zu. – „Gott strafe die Sudeten!" schrie Chojnicki, der eben eine Partie verloren hatte. Er sprang auf und lief mit erhobenen und geballten Fäusten auf den alten Papa Kunz los. Wir hielten ihn zurück. Schaum stand vor seinem Munde, Blut rötete seine Augen. „Markomannische Quadratschädel!" rief er endlich. Es war der Gipfel seiner Rage. Jetzt wurde er zusehends sanfter.

Ich fühlte mich wohl, ich war wieder zu Hause. Wir hatten alle Stand und Rang und Namen, Haus und Geld und Wert verloren, Vergangenheit, Gegenwart, Zukunft. Jeden Morgen, wenn wir erwachten, jede Nacht, wenn wir uns schlafen legten, fluchten wir dem Tod, der uns zu seinem gewaltigen Fest vergeblich gelockt hatte. Und jeder von uns beneidete die Gefallenen. Sie ruhten unter der Erde, und im nächsten Frühling würden Veilchen aus ihren Gebeinen wachsen. Wir aber waren heillos unfruchtbar heimgekehrt, mit lahmen Lenden, ein todgeweihtes Geschlecht, das der Tod verschmäht hatte. Der Befund der Assent-

Kommission war unwiderruflich. Er lautete: „Für den Tod untauglich befunden."

XXVII

Wir gewöhnten uns alle an das Ungewöhnliche. Es war ein hastiges Sich-Gewöhnen. Gleichsam ohne es zu wissen, beeilten wir uns mit unserer Anpassung, wir liefen geradezu Erscheinungen nach, die wir haßten und verabscheuten. Wir begannen, unsern Jammer sogar zu lieben, wie man treue Freunde liebt. Wir vergruben uns geradezu in ihn. Wir waren ihm dankbar, weil er unsere kleinen, besonderen, persönlichen Kümmernisse verschlang, er, ihr großer Bruder, der große Jammer, dem gegenüber zwar kein Trost standhalten konnte, aber auch keine unserer täglichen Sorgen. Man würde meiner Meinung nach auch die erschreckende Nachgiebigkeit der heutigen Geschlechter gegenüber ihren noch schrecklicheren Unterjochern verstehen und gewiß auch verzeihen, wenn man bedächte, daß es in der menschlichen Natur gelegen ist, das gewaltige, alles verzehrende Unheil dem besonderen Kummer vorzuziehen. Das ungeheuerliche Unheil verschlingt rapide das kleine Unglück, das Pech sozusagen. Und also liebten wir in jenen Jahren den ungeheueren Jammer.

Oh, nicht, daß wir nicht imstande gewesen wären, noch ein paar kleine Freuden vor ihm zu retten, sie ihm abzukaufen, abzuschmeicheln, abzuringen. Wir scherzten oft und lachten oft. Wir gaben Geld aus, das uns zwar kaum noch gehörte, das aber auch kaum noch einen Wert hatte. Wir borgten und verborgten, ließen uns schenken und verschenkten, blieben schuldig und bezahlten anderer Schulden. So ähnlich werden einmal die Menschen einen Tag vor dem Jüngsten Gericht leben, Honig saugend aus den giftigen Blumen, die verlöschende Sonne als Lebensspenderin preisend, die verdorrende Erde küssend als die Mutter der Fruchtbarkeit.

Der Frühling nahte, der Wiener Frühling, dem keines der weinerlichen Chansons jemals etwas anhaben konnte. Keine einzige von den populär gewordenen Melodien enthält die Innigkeit eines Amselrufs im Votivpark oder im Volksgarten. Kein gereimter Liedertext ist so kräftig wie der liebenswürdig grobe, heisere Schrei eines Ausrufers vor einer Praterbude im April. Wer kann das behutsame Gold des Goldregens besingen, das sich vergeblich zu bergen sucht zwischen dem jungen Grün der nachbarlichen Sträucher? Der holde Duft des Holunders nahte schon, ein festliches Versprechen. Im Wienerwald blauten die Veilchen. Die Menschen paarten sich. In unserem Stammkaffee machten wir Witze, spielten wir Schach und Dardel und Tarock. Wir verloren und gewannen wertloses Geld.

Für meine Mutter bedeutete der Frühling so viel, daß sie, vom fünfzehnten April angefangen, zweimal monatlich in den Prater fuhr, nicht nur einmal wie im Winter. Es gab nur noch wenige Fiaker. Die Pferde starben vor Altersschwäche. Viele schlachtete man und aß sie als Würste. In den Remisen der alten Armee konnte man die Bestandteile der zertrümmerten Fiaker sehen. Gummiradler, in denen die Tschirschkys, die Pallavicinis, die Sternbergs, die Esterházys, die Dietrichsteins, die Trautmannsdorffs einst gefahren sein mochten. Meine Mutter, vorsichtig, wie sie von Natur aus war, und noch vorsichtiger durch das Alter geworden, hatte mit einem der wenigen Fiaker „akkordiert". Er kam pünktlich zweimal im Monat um neun Uhr morgens. Manchmal begleitete ich meine Mutter, besonders an den Tagen, an denen es regnete. In der Unbill – und ein Regen war für sie schon eine – wollte sie nicht allein sein. Wir sprachen nicht viel in dem stillen, gütigen Dämmer unter der aufgeschlagenen Regenplache. „Herr Xaver", sagte meine Mutter zum Fiaker, „erzählen S' mir was." Er wandte sich uns zu, er ließ ein paar Minuten lang die Pferde dahintraben und erzählte allerhand. Sein Sohn war ein Studierter, aus dem Krieg heimgekehrt, aktiver Kommunist. „Mein Sohn sagt", erzählte der Herr Xaver, „daß der Kapitalismus erledigt ist. Er sagt nicht mehr Vater zu mir. Er nennt mich: Fahr'n ma, Euer Gnaden! Er ist ein guter Kopf. Er weiß, was er will. Von meinen Pferden versteht er nix." Ob sie auch Kapitalist sei, fragte meine Mutter. „Freilich", sagte der Herr Xaver, „alle, die nicht arbeiten und dennoch leben, sind Kapitalisten." – „Und die Bettler?" fragte meine Mutter. „Die arbeiten nicht, fahren aber auch nicht im Fiaker zum Praterspitz, „wia Sö", gnädige Frau!" antwortete der Herr Xaver. Meine Mutter sagte zu mir: „Jakobiner!" Sie hatte gedacht, in dem Dialekt der „Besitzenden" gesprochen zu haben. Aber der Herr Xaver verstand. Er wandte sich um und sagte: „Ein Jakobiner ist mein Sohn." Hierauf knallte er mit der Peitsche. Es war, als hätte er sich selbst Bravo geklatscht, wegen seiner geschichtlichen Bildung.

Meine Mutter wurde überhaupt von Tag zu Tag ungerechter, besonders seit dem Tage, an dem ich die Hypothek aufgenommen hatte. Kunstgewerbe, Elisabeth, die Frau Professor, kurze Haare, Tschechen, Sozialdemokraten, Jakobiner, Juden, Büchsenfleisch, Papiergeld, Börsenpapiere, mein Schwiegervater: dies alles waren die Gegenstände ihrer Verachtung und ihrer Gehässigkeit. Unser Advokat, der Doktor Kiniower, der ein Freund meines Vaters gewesen war, hieß der Einfachheit halber der Jude. Unser Dienstmädchen war die Jakobinerin. Der Hausmeister war ein Sansculotte, und Frau Jolanth Szatmary hieß Keczkemet schlechthin.

Eine neue Persönlichkeit tauchte in unserem Leben auf, ein gewisser Kurt von Stettenheim, geradewegs aus der Mark Brandenburg gekommen und um jeden Preis entschlossen, das Kunstgewerbe in der Welt zu verbreiten. Er sah aus wie einer jener Männer, die man heutzutage gutrassig nennt. Man versteht darunter eine Mischung von internationalem Tennismeister und landschaftlich zu fixierendem Rittergutsbesitzer, mit einem leichten Einschlag von Ozean oder Reederei. Derlei Menschen kommen aus dem Baltikum, aus Pommern, aus der Lüneburger Heide gar. Wir hatten verhältnismäßig noch Glück. Unser Herr von Stettenheim kam nur aus der Mark Brandenburg.

Er war groß und sehnig, blond und sommersprossig, er trug den unvermeidlichen Schmiß an der Stirn, das Kennzeichen der Borussen, und das Monokel so wenig selbstverständlich, daß man es nur noch selbstverständlich nennen konnte. Ich selbst gebrauche zuweilen ein Monokel, der Bequemlichkeit halber, ich bin zu eitel, um eine Brille zu tragen. Allein es gibt Gesichter aus Pommern, aus dem Baltikum, aus der Mark Brandenburg, in denen das Monokel den Anschein erweckt, ein drittes überflüssiges Auge zu sein, keine Hilfe dem natürlichen Aug', sondern dessen gläserne Maske. Wenn der Herr von Stettenheim das Monokel einklemmte, sah er so aus wie die Frau Professor Jolanth Szatmary, sobald sie eine Zigarette anzündete. Wenn Herr von Stettenheim sprach oder gar wenn er sich ereiferte, lief sein Kainsschmiß auf der Stirn blutrot an; und der Mann ereiferte sich überflüssig. Denn in einem verwunderlichen Gegensatz zu seinem Eifer standen die Worte, mit denen er ihn ausdrückte, wie zum Beispiel: „Also, ich kann Ihnen sagen, ich war einfach starr"; oder: „Ich sage immer: nur nicht verzweifeln"; oder: „Ich wette zehn zu eins und gebe Ihnen meine Hand darauf!" Und dergleichen mehr. Offenbar hatte unsere Hypothek meinem Schwiegervater nicht genügt. Herr von Stettenheim versprach, sich am Atelier Elisabeth Trotta reichlich zu beteiligen. Ein paarmal brachte uns mein Schwiegervater zusammen. Hatte er doch, eben wegen der Hypothek, mich in das Kunstgewerbe endlich „hineingenommen!" Mußte er mich doch zumindest unserm dritten Kompagnon vorstellen. – „Ich kenne einen Grafen Trotta!" rief Herr von Stettenheim, nachdem wir kaum die ersten zwei Sätze gewechselt hatten. – „Sie irren", sagte ich, „es gibt nur baronisierte Trottas; wenn sie noch leben!" – „Gewiß, entsinne mich, war Baron, der alte Oberst." – „Sie irren sich noch", sagte ich. „Mein Onkel ist Bezirkshauptmann." – „Bedaure!" erwiderte Herr von Stettenheim. Und sein Schmiß lief blutrot an.

Herr von Stettenheim hatte die Idee, unsere Firma „Jolan-Werkstätte" zu nennen. So wurde sie auch im Register eingetragen. Elisabeth zeichnete fleißig, sooft ich ins Büro kam. Sie zeichnete unbegreifliche Sachen, wie zum Beispiel neunzackige Sterne auf den Wänden eines Oktaeders oder eine zehnfingerige Hand, die in Achat ausgeführt und der „Segen Krishnamurtis" heißen sollte; oder einen roten Stier auf schwarzem Grund, der „Apis" hieß, ein Schiff mit Dreiruderern, das

„Salamis“ genannt wurde, und eine Schlange als Armband, namens Kleopatra. Die Frau Professor Jolanth Szatmary hatte diese Einfälle, diktierte ihr diese Pläne. Im übrigen herrschte zwischen uns beiden die düsterkeitsschwangere, hassträchtige, konventionelle Freundlichkeit, auf deren Grund unserer beider Eifersucht ruhte. Elisabeth liebte mich, ich war dessen gewiss, Angst hatte sie vor der Frau Professor Jolanth, eine jener Ängste, die sich die moderne Medizin mit Erfolg zu definieren und erfolglos zu erklären bemühte. Seitdem Herr von Stettenheim als dritter Teilhaber in unsere „Jolan-Werkstätte“ eingetreten war, betrachteten mich mein Schwiegervater und die Frau Professor als eine störende Erscheinung, ein Hindernis auf dem Weg des Kunstgewerbes, zu jeder nützlichen Leistung unfähig und keinesfalls würdig, in die künstlerischen und geschäftlichen Pläne unserer Firma eingeweiht zu werden. Ich war lediglich noch der Ehemann Elisabeths.

Herr von Stettenheim entwarf Prospekte in allen Weltsprachen und verschickte sie auch in alle Weltrichtungen. Und je spärlicher die Antworten einliefen, desto hitziger wurde sein Eifer. Die neuen Vorhänge kamen, nach zwei zitronengelben Stühlen, ein Sofa, zitronengelb, mit schwarzen Zebrastreifen, zwei Lampen mit sechswandigen Schirmen aus japanischem Papier und eine Landkarte aus Pergament, auf der alle Länder und Städte durch Stecknadeln kenntlich gemacht wurden alle, auch jene, die unsere Firma nicht belieferte.

An den Abenden, an denen ich Elisabeth abholte, sprachen wir weder von Stettenheim noch von der Frau Professor Jolanth Szatmary, noch vom Kunstgewerbe. Es war zwischen uns ausgemacht. Wir verlebten süße, satte Frühlingsnächte. Kein Zweifel: Elisabeth liebte mich. Ich hatte Geduld. Ich wartete. Ich wartete auf den Augenblick, in dem sie mir aus freien Stücken sagen würde, dass sie ganz zu mir wollte. Unsere Wohnung im Parterre wartete.

Meine Mutter fragte mich niemals nach den Absichten Elisabeths. Von Zeit zu Zeit ließ sie einen Satz fallen wie zum Beispiel: „Sobald ihr eingezogen seid“; oder: „Wenn ihr bei mir wohnt“; und derlei.

Ende des Sommers stellte es sich heraus, dass unsere „Jolan-Werkstätten“ gar nichts eintrugen. Außerdem hatte mein Schwiegervater mit den „vielen Eisen im Feuer“ kein Glück gehabt. Er hatte auf Mark spekuliert, durch die Vermittlung des Herrn von Stettenheim. Die Mark fiel. Ich sollte eine zweite, weit höhere Hypothek auf unser Haus aufnehmen. Ich sprach mit meiner Mutter, sie wollte nichts davon wissen. Ich erzählte es meinem Schwiegervater. – „Du bist unfähig, ich hab's immer gewusst“, sagte er. „Ich werde selbst hingehn.“

Er ging zu meiner Mutter, nicht allein, sondern mit dem Herrn von Stettenheim. Meine Mutter, die vor fremden Menschen Angst und sogar Abscheu empfand, bat mich zu warten. Ich blieb also zu Hause.

Das Verwunderliche ereignete sich, der Herr von Stettenheim gefiel meiner Mutter. Während unserer Verhandlung, in unserm Salon, glaubte ich sogar zu bemerken, wie sie leise Ansätze machte, sich vornüber zu beugen, wie um seine reichlichen und überflüssigen Redensarten deutlicher zu vernehmen. – „Charmant!“ sagte meine Mutter. „Charmant!“ wiederholte sie ein paarmal, und zwar bei den gleichgültigsten Phrasen des Herrn von Stettenheim. Er, auch er, hielt einen Vortrag über das Kunstgewerbe im allgemeinen, die Erzeugnisse der „Jolan-Werkstätten AG“ im besonderen. Und meine gute, alte Mutter, die gewiß auch jetzt noch ebensowenig von dem Kunstgewerbe begriff wie vor langer Zeit nach dem Vortrag Elisabeths sagte immer wieder: „Jetzt versteh' ich, jetzt versteh' ich, jetzt versteh' ich!“

Herr von Stettenheim besaß den Geschmack zu sagen: „Das Ei des Kolumbus, gnädige Frau!“ – Und wie ein Echo wiederholte meine Mutter gehorsam: „Das Ei des Kolumbus! – Wir nehmen noch eine zweite Hypothek auf.“

Unser Advokat Kiniower wehrte sich zuerst. „Ich warne Sie!“ sagte er. „Ein aussichtsloses Geschäft. Ihr Herr Schwiegervater, ich weiß es, hat gar kein Geld mehr. Ich habe mich erkundigt. Dieser Herr von Stettenheim lebt von den Darlehen, die Sie aufnehmen. Er behauptet, am Tattersall im Berliner Tiergarten beteiligt zu sein. Mein Berliner Kollege teilt mir mit, daß es nicht wahr ist. So wahr ich ein Freund Ihres seligen Vaters war: Ich sage Ihnen die Wahrheit. Die Frau Professor Jolanth Szatmary ist ebensowenig Professor wie ich. Sie hat keine von den Wiener oder Budapester Akademien jemals besucht. Ich warne Sie, Herr Trotta, ich warne Sie."

Der „Jude" hatte kleine, schwarze, tränende Augen hinter dem schiefen Zwicker. Die eine Hälfte seines grauen Schnurrbarts war aufwärts gezwirbelt, die andere hing trostlos hinunter. Also äußerte sich gewissermaßen sichtbar die Zwiespältigkeit seines Wesens. Er war imstande, nach einer längeren, düsteren Rede, in der er von meinem sicheren Untergang gesprochen hatte, plötzlich mit dem Ruf zu schließen: „Und doch geht alles noch gut aus! Gott ist ein Vater!" Diesen Satz wiederholte er überhaupt bei jeder verwickelten Angelegenheit. Dieser Enkel Abrahams, der Erbe eines Segens und eines Fluches, leichtfertig als Österreicher, schwermütig als Jude, gefühlvoll, aber genau bis zu jener Grenze, an der ein Gefühl anfangen kann, Gefahr zu werden, klarsichtig trotz einem wackligen und schiefsitzenden Zwicker, war mir mit der Zeit lieb geworden wie ein Bruder. Oft kam ich in seine Kanzlei, ohne Grund, ohne Not. Auf seinem Arbeitstisch standen die Photographien seiner zwei Söhne. Der ältere war gefallen. Der jüngere lernte Medizin. „Er hat soziale Rosinen im Kopf!" sagte der alte Doktor Kiniower. „Und um wieviel wichtiger wäre ein Heilmittel gegen Krebs! Ich fürchte, ich hab' selber einen, hinten, in der Niere. Wenn mein Sohn schon Medizin studiert, sollte er an seinen alten Vater denken, nicht an die Erlösung der Welt. Genug der Erlöser! Aber Sie wollen ja das Kunstgewerbe erlösen! Ihre Frau Mama wollte das Vaterland erlösen. Sie hat das ganze beträchtliche Vermögen in Kriegsanleihen angelegt. Eine lächerliche Lebensversicherung bleibt noch. Ihre Frau Mama bildet sich wahrscheinlich ein, sie reichte für ein beschauliches Alter aus. Zwei Monate könnte sie knapp davon leben. Sie haben keinen Beruf. Sie werden wohl auch keinen finden. Aber wenn Sie nicht etwas zu verdienen anfangen, werden Sie untergehn. Ich rate Ihnen: Sie haben ein Haus, machen Sie daraus eine Pension. Versuchen Sie's Ihrer Frau Mama begreiflich zu machen. Diese Hypothek ist nicht die letzte, die Sie aufnahmen. Sie werden noch eine dritte und eine vierte brauchen. Glauben Sie mir! Gott ist ein Vater!“

Herr von Stettenheim kam oft zu meiner Mutter, selten kündigte er sich vorher an. Meine Mutter empfing ihn immer warmherzig, manchmal sogar begeistert. Mit staunendem Kummer sah ich zu, wie die alte, verwöhnte und strenge Frau heiter nachsichtig die grobschlächtigen Scherze, die billigen Wendungen, die aufreizenden Handbewegungen annahm, billigte, lobte und wertschätzte. Herr von Stettenheim hatte die Gewohnheit, seine linke Hand nach einer brüsken, erschreckenden Streckung des Ellbogens vor die Augen zu führen, um nach der Stunde auf seiner Armbanduhr zu sehn. Mir schien es immer, als hätte er einen glücklicherweise nicht vorhandenen Nachbarn zu seiner Linken gestoßen. Wie eine Gouvernante pflegte er, wenn er die Kaffeetasse hob, den kleinen Finger der rechten Hand zu spreizen, just jenen Finger, an dem er seinen wuchtigen Wappenring trug, ein Wappen, das aussah wie ein Insekt. Er sprach in jener gutturalen Stimme gewisser Preußen, die aus einem Kamin eher als aus einer Kehle zu kommen scheint und auch das Bedeutende hohl macht, das sie manchmal äußern.

Und just dieser Mann gefiel meiner lieben alten Mutter. „Charmant!“ nannte sie ihn.

XXVIII

Er bestach auch mich allmählich und ohne daß ich es zuerst merken konnte. Ich brauchte ihn, ich brauchte ihn einfach meiner Mutter wegen. Er stellte die Verbindung her zwischen unserem Haus und Elisabeth. Auf die Dauer konnte ich nicht zwischen beiden Frauen stehen und selbst zwischen dreien, wenn ich die Frau Professor mitrechnete. Seitdem Herr von Stettenheim die überraschende Zuneigung meiner Mutter gefunden hatte, kam Elisabeth zuweilen in unser Haus. Meine Mutter hatte nur angedeutet, daß sie die Frau Professor nicht zu sehen wünschte. Übrigens entfernte sie sich zusehends von Elisabeth. Auch dies war zum Teil ein Verdienst des Herrn von Stettenheim, und auch dadurch bestach er mich. Ich gewöhnte mich an seine unerwarteten Allüren (sie erschreckten mich immer seltener), an seine Rede, die immer um zwei, drei Stärken lauter war, als es der Raum erforderte, in dem er gerade sprach. Es war, als wüßte er überhaupt nicht, daß es kleine und größere Räume gibt, ein Zimmer und eine Bahnhofshalle zum Beispiel. Im Salon meiner Mutter sprach er mit jener um ein paar Grade zu hastigen Stimme, mit der manche einfachen Menschen zu telephonieren pflegen. Auf der Straße schrie er geradezu. Und da er nur inhaltslose Redensarten gebrauchte, klangen sie noch einmal so laut. Lange Zeit wunderte ich mich darüber, daß meine Mutter, der jeder stärkere Ton, jedes überflüssige Geräusch, jede Straßenmusik und sogar Konzerte im Freien körperliche Schmerzen verursachten, die Stimme des Herrn von Stettenheim ertragen und sogar charmant finden konnte. Erst ein paar Monate später konnte ich durch einen Zufall die Ursache dieser Nachsicht erfahren.

Eines Abends kam ich zu einer ungewohnten Stunde nach Hause. Ich wollte meine Mutter begrüßen, ich suchte sie. Das Mädchen sagte mir, daß sie in der Bibliothek sitze. Die Tür unseres Bibliothekzimmers, das an den Salon grenzte, stand offen, ich brauchte nicht anzuklopfen. Meinen Gruß überhörte die alte Frau offenbar. Ich dachte zuerst, sie sei über dem Buch eingeschlafen. Sie saß überdies mit dem Rücken zu mir, mit dem Gesicht zum Fenster. Ich ging näher, sie schlief nicht, sie las und blätterte sogar eine Seite um, in dem Augenblick, in dem ich an sie herantrat. „Guten Abend, Mama!“ sagte ich. Sie sah nicht auf. Ich berührte sie. Sie erschrak. „Wie kommst du jetzt daher?“ fragte sie. – „Auf einen Sprung, Mama, ich wollte mir die Adresse Stiasnys heraussuchen.“ – „Der hat lang nichts mehr von sich hören lassen. Ich glaub', er ist gestorben.“ Der Doktor Stiasny war Polizeiarzt, jung wie ich, meine Mutter mußte mich mißverstanden haben. – „Ich mein' den Stiasny“, sagte ich. – „Gewiß, ich glaub' vor zwei Jahren ist er gestorben. Er war ja schon mindestens achtzig!“ – „So, gestorben!“ wiederholte ich – und ich wußte nun, daß meine Mutter schwerhörig war. Lediglich dank ihrer Disziplin, jener ungewöhnlichen Disziplin, die uns Jüngeren nicht mehr von Kindheit an auferlegt worden war, gelang ihr diese rätselhafte Stärke, ihr Gebrechen während jener Stunden zu unterdrücken, in denen sie mich zu Hause erwartete, mich und andere. In den langen Stunden, in denen sie wartete, bereitete sie sich auf das Hören vor. Sie selbst mußte ja wissen, daß sie das Alter mit einem seiner Schläge getroffen hatte. Bald – so dachte ich – wird sie ertaubt sein, wie das Klavier ohne Saiten! Ja, vielleicht war damals schon, als sie in einem Anfall von Verwirrung die Saiten hatte herausnehmen lassen, in ihr eine Ahnung ihrer nahenden Taubheit lebendig gewesen und eine vage Furcht, daß sie bald nicht mehr exakte Töne würde vernehmen können! Von allen Schlägen, die das Alter auszuteilen hatte, mußte dieser für meine Mutter, ein wahres Kind der Musik, der schwerste sein. In diesem Augenblick erschien sie mir fast überirdisch groß, entrückt war sie in ein anderes Jahrhundert, in die Zeit einer längst versunkenen heroischen Noblesse. Denn es ist nobel und heroisch, Gebrechen zu verbergen und zu verleugnen.

Deshalb also schätzte sie Herrn von Stettenheim. Sie verstand offenbar ihn am deutlichsten, und sie war ihm dankbar. Seine Banalitäten ermüdeten sie nicht. Ich verabschiedete mich, ich wollte in mein Zimmer, die Adresse Stiasnys holen. „Darf ich um acht Uhr kommen, Mama?“ rief ich jetzt schon mit erhobener Stimme. Es war etwas zu laut gewesen. – „Seit wann schreist du so?“ fragte sie. „Komm nur, wir haben Kirschknödel, allerdings Kornmehl.“

Ich suchte krampfhaft den Gedanken an die Pension zu verdrängen. Meine Mutter als Inhaberin einer Pension! Welch eine abstruse, ja absurde Idee! Ihre Schwerhörigkeit erhöhte noch ihre Würde. Jetzt hörte sie vielleicht gar nicht mehr das Aufklopfen ihres eigenen Stocks, nicht einmal mehr ihre eigenen Schritte. Ich begriff, warum sie so nachsichtig unser Mädchen behandelte, das blond, beleibt und schwerfällig, zu polternden Handlungen neigte, ein braves, stumpfes Kind aus der Vorstadt. Meine Mutter mit Pensionären! Unser Haus mit zahllosen Klingeln, die mir heute schon um so lauter in den Ohren schrillten, als meine Mutter ja nicht imstande sein würde, ihre ganze

Frechheit zu vernehmen. Ich hatte sozusagen für uns beide zu hören und für uns beide beleidigt zu sein. – Aber welch anderen Ausweg konnte es geben? – Der Doktor Kiniower hatte recht: Das Kunstgewerbe verschlang eine Hypothek nach der anderen.

Meine Mutter kümmerte sich nicht darum. Ich allein hatte also, wie man zu sagen pflegt, die Verantwortung. Ich – und eine Verantwortung! Nicht, dass ich feige gewesen wäre! Nein, ich war einfach unfähig. Ich hatte keine Angst vor dem Tod, aber Angst vor einem Büro, einem Notar, einem Posthalter. Ich konnte nicht rechnen, zur Not noch addieren. Meine Multiplikation schon schaffte mir Pein. Ja! Ich und eine Verantwortung!

Der Herr von Stettenheim indessen lebte unbekümmert, ein schwerfälliger Vogel. Er hatte immer Geld, er borgte nie, er lud im Gegenteil alle meine Freunde ein. Wir mochten ihn nicht, freilich. Wir verstummten alle, wenn er plötzlich im Kaffeehaus erschien. Außerdem hatte er die Gewohnheit, jede Woche mit einer anderen Frau zu kommen. Er griff sie überall auf, alle Sorten: Tänzerinnen, Kassiererinnen, Näherinnen, Modistinnen, Köchinnen. Er machte Ausflüge, kaufte Anzüge, spielte Tennis, ritt im Prater. Eines Abends trat er mir aus unserem Haustor entgegen, gerade als ich heimkehren wollte. Er schien es eilig zu haben, der Wagen wartete auf ihn. „Ich muss fort!“ sagte er und warf sich in den Wagen.

Elisabeth saß bei meiner Mutter. Offenbar war sie mit dem Herrn von Stettenheim zusammen hierhergekommen. In unserer Wohnung spürte ich etwas Fremdes, es war wie ein außergewöhnlicher, ungewöhnlicher Geruch. Hier mußte etwas Unerwartetes passiert sein, während meiner Abwesenheit. Die Frauen sprachen miteinander, als ich ins Zimmer trat, aber es war jene Art erzwungener Unterhaltung, der ich sofort anmerkte, dass sie nur zu meiner Irreführung bestimmt war.

„Ich bin Herrn von Stettenheim vor dem Haustor begegnet“, begann ich. – „Ja“, sagte Elisabeth, „er hat mich hierher begleitet. Er war eine Viertelstunde mit uns.“ – „Er hat Sorgen, der Arme!“ sagte meine

Mutter. – „Er braucht Geld?“ fragte ich. – „Das ist es!“ antwortete Elisabeth. „Es hat heute Krach bei uns gegeben! Um dir's gleich zu sagen: Die Jolanth hat Geld verlangt. Man hat's ihr geben müssen. Es ist das erstemal, daß sie Geld verlangt hat. Sie läßt sich nämlich scheiden. Stettenheim braucht es dringend, dieses Geld. Mein Vater hat in diesen Tagen Zahlungen, sagt er. Ich habe Stettenheim hierher begleitet.“ – „Meine Mutter hat ihm Geld gegeben?“ – „Ja!“ – „Bargeld?“ – „Einen Scheck!“ – „Wie hoch?“ – „Zehntausend!“ Ich wußte, daß meine Mutter nur noch wertlos werdende, immer wertloser werdende fünfzigtausend Kronen bei der Bank Efrussi liegen hatte, laut Bericht des „Juden“.

Ich begann, was ich noch niemals früher gewagt hatte, auf und ab durchs Zimmer zu wandeln, vor den strengen und erschrockenen Augen meiner Mutter. Zum erstenmal in meinem Leben wagte ich, in ihrer Anwesenheit meine Stimme zu erheben. Ich schrie beinahe. Jedenfalls war ich heftig. Mein ganzer, lang aufgesparter Groll gegen Stettenheim, gegen Jolanth, gegen meinen Schwiegervater überwältigte mich; er – und auch der Groll gegen meine eigene Bestechlichkeit. Auch Groll gegen meine Mutter mischte sich darein, Eifersucht auf Stettenheim. Zum erstenmal wagte ich vor meiner Mutter einen verpönten und lediglich im Kasino beheimateten Ausdruck: „Der Saupreuß“, sagte ich. Ich erschrak selbst darüber.

Ich erlaubte mir noch mehr: Ich verbot meiner Mutter, noch einmal Schecks ohne meine Einwilligung auszustellen. Ich verbot auch in einem Atem Elisabeth, noch einmal meiner armen Mutter irgendwelche Leute, die Geld brauchten, zuzuführen; „Irgendwelche dahergelaufenen Leute“, sagte ich wörtlich. Und da ich mich selbst kannte und sehr wohl wußte, daß ich nur ein paarmal in drei Jahren imstande wäre, meinen Willen, meine Abscheu, ja meine aufrichtige Meinung über Menschen und Zustände zu zeigen, versetzte ich mich bewußt in eine noch größere Rage. Ich schrie: „Auch die Professorin will ich nicht mehr sehn!“ Und: „Vom Kunstgewerbe will ich nichts mehr wissen. Um alles zu ordnen, Elisabeth! Du ziehst hierher, mit mir.“

Meine Mutter sah mich aus ihren großen, traurigen Augen an. Offenbar war sie über meinen plötzlichen Ausbruch ebenso erschrocken wie erfreut. „Sein Vater war auch so!“ sagte sie zu Elisabeth. Heute glaube ich es auch, es ist möglich, daß damals mein Vater aus mir sprach. Ich hatte das Bedürfnis, das Haus zu verlassen.

„Sein Vater“, sprach meine Mutter weiter, „war manchmal wie ein Gewitter. Er hat so viel Teller zerbrochen! So viel Teller, wenn er böse war!“ – Sie breitete beide Arme aus, um Elisabeth eine Vorstellung von der Anzahl der Teller zu geben, die mein Vater zerbrochen hatte. „Jedes halbe Jahr!“ sagte meine Mutter. „Es war eine Krankheit, besonders im Sommer; wenn wir nach Ischl gingen und man die Koffer packte. Das konnte er nicht leiden. Der Bub auch nicht“, fügte sie hinzu, obwohl sie mich noch niemals in einer Zeit beobachtet hatte, in der Koffer gepackt zu werden pflegen.

Ich hätte sie in die Arme nehmen mögen, die arme, alte, langsam ertaubende Frau. Es war gut so. Sie vernahm nicht mehr die Geräusche der Gegenwart. Sie hörte jene der Vergangenheit, die zerschmetterten Teller meines erbosten Vaters zum Beispiel. Sie begann auch, wie es oft bei schwerhörig werdenden, älteren Menschen vorzukommen pflegt, das Gedächtnis zu verlieren. Und es war gut so! Wie wohltätig ist die Natur! Die Gebrechen, die sie dem Alter schenkt, sind eine Gnade. Vergessen schenkt sie uns, Taubheit und schwache Augen, wenn wir alt werden; ein bißchen Verwirrung auch, kurz vor dem Tode. Die Schatten, die er vorausschickt, sind kühl und wohltätig.

XXIX

Mein Schwiegervater hatte, wie viele Menschen seiner Art, auf den Sturz des französischen Franken spekuliert. Es war eine falsche Spekulation. Von den „vielen Eisen im Feuer“ blieb ihm kein einziges mehr. Auch die „Jolan-Werkstätte“ brachte gar nichts ein. Vergeblich war das ganze zitronengelbe Mobiliar. Umsonst die Entwürfe der Frau Professor Jolanth

Szatmary. Nichts galten mehr die unverständlichen Zeichnungen meiner Frau Elisabeth.

Mein stets behender Schwiegervater verlor sein Interesse am Kunstgewerbe. Er wandte sich plötzlich dem Zeitungsbetrieb zu; „Zeitungswesen“ fing man damals nach deutschem Muster in Österreich zu sagen an. Er beteiligte sich an der sogenannten Montags-Zeitung. Auch dort wollte er mich „mit hineinnehmen“. Er gab Börsentips, wie man sagt. Er verdiente dabei. Von unserem Haus blieb uns, nach Abzug der Hypotheken, kaum noch ein Drittel. Und als man das neue Geld einführte, erwies es sich, daß von dem Guthaben meiner Mutter in der Bank Efrussi kaum ein paar tausend Schilling verblieben waren.

Als erster verschwand der Herr von Stettenheim aus unserer Welt. Er „machte sich aus dem Staube“, eine Wendung, die er selbst so oft und gerne angewendet hatte. Er schrieb nicht einmal einen Abschiedsbrief. Er telegraphierte nur: „Dringendes Rendezvous. Kehre wieder! Stettenheim.“ Die Frau Professor Jolanth Szatmary hielt am längsten aus. Seit Wochen schon war das famose Atelier mit den zitronengelben Möbeln vermietet an die Irak GmbH, die mit persischen Teppichen handelte. Seit Wochen schon war mein Schwiegervater im Begriff, sein Haus an die Gemeinde Wien zu verkaufen. Die halbe Welt hatte sich verändert, aber die Frau Jolanth Szatmary blieb, wo sie gewesen war: im Hotel Regina. Sie war entschlossen, keine einzige ihrer Gewohnheiten, Sitten und Gebräuche aufzugeben. Immer noch machte sie Entwürfe. Ihre Scheidung war gelungen: Ihr Mann zahlte ihr monatlich. Oft sprach sie davon, nach San Franzisko zu gehen. Fremde Erdteile lockten sie an. Europa war ihrer Meinung nach „verpatzt“. Aber sie ging nicht. Aber sie wich nicht. Zuweilen erschien sie mir in Schreckträumen. Ja, in Schreckträumen erschien sie mir als eine Art Höllenweib, dazu bestimmt, das Leben Elisabeths und mein eigenes zu vernichten. Warum blieb sie noch immer? Wozu machte sie noch ihre Entwürfe? Weshalb ging Elisabeth regelmäßig jeden Tag zu ihr? Ins Hotel, um sich überflüssige, nicht mehr, niemals mehr zu verwendende Entwürfe abzuholen?

„Ich bin wie in ein Loch gefallen!“ gestand mir Elisabeth eines Tages. „Ich liebe dich!“ sagte sie. „Die Frau läßt mich nicht los; ich weiß nicht, was sie treibt.“ – „Wir wollen mit meiner Mutter sprechen!“ sagte ich. Wir gingen zu mir nach Hause, in unser Haus gingen wir.

Es war schon spät, aber meine Mutter wachte noch. „Mama“, sagte ich, „ich habe Elisabeth hergebracht.“ – „Gut!“ sagte meine Mutter, „sie soll nur bleiben!“

Zum erstenmal schlief ich mit Elisabeth in meinem Zimmer, unter unserm Dach. Es war, als steigerte mein väterliches Haus selbst unsere Liebe, als segnete es sie. Immer werde ich die Erinnerung an diese Nacht behalten, eine wahre Brautnacht, die einzige Brautnacht meines Lebens. „Ich will ein Kind von dir“, sagte Elisabeth, halb schon im Schlaf. Ich hielt es für eine gewöhnliche Zärtlichkeit. Des Morgens aber, als sie erwachte – und sie erwachte zuerst –, umfing sie meinen Hals, und es war ein sachlicher, fast verletzend sachlicher Ton, in dem sie mir sagte: „Ich bin deine Frau, ich will schwanger von dir sein, ich will von der Jolanth weg, sie ekelt mich, ich will ein Kind.“

Seit jenem Morgen blieb Elisabeth in unserm Hause. Von der Frau Professor Jolanth Szatmary kam noch ein kurzer Abschiedsbrief. Sie fuhr nicht nach San Franzisko, wie sie gedroht hatte, sondern nach Budapest, wo sie hingehören mochte. – „Wo bleibt denn die Frau Professor Keczkemet?“ fragte hie und da meine Mutter. – „In Budapest, Mama!“ – „Sie wird noch kommen!“ prophezeite meine Mutter. Meine Mutter sollte recht behalten.

Wir wohnten nun alle in einem Haus, und es ging ziemlich gut. Meine Mutter tat mir sogar den Gefallen, ihre Gehässigkeiten zu unterlassen. Sie sprach nicht mehr vom „Juden“, sondern vom Doktor Kiniower, wie alle Jahre vorher. Er beharrte obstinat auf seiner Idee: Wir sollten eine Pension gründen. Er gehörte zu jenen sogenannten praktischen Menschen, die außerstande sind, eine sogenannte produktive Idee aufzugeben, auch wenn die Menschen unfähig sind, sie auszuführen. Er war ein Realist, das heißt: genauso hartnäckig, wie man es nur Phantasten nachzusagen pflegte. Er sah nichts mehr als die Nützlichkeit eines Projektes; und er lebte in der Überzeugung, daß alle Menschen, ganz gleichgültig, welcher Art, gleichermaßen imstande wären, nützliche Projekte auszuführen. Es war, wie wenn ein Schneider zum Beispiel praktische Möbelstücke angefertigt hätte – ohne die Dimensionen der Häuser, der Türen, der Zimmer in Betracht zu ziehen. So gründeten wir eine Pension. Mit dem Eifer, mit dem etwa ein Versessener die patentierte Anerkennung einer seiner Erfindungen betreibt, bemühte sich der Doktor Kiniower um unsere Konzession, die wir dazu benötigten. „Sie haben ja so viele Freunde!" sagte er zu mir. „Sie haben zwölf Zimmer im ganzen zu vermieten. Ihrer Frau Mutter bleiben zwei. Ihnen und Ihrer Frau vier. Sie brauchen nur noch ein Dienstmädchen, ein Telephon, acht Betten und Klingeln." – Und ehe wir es uns noch versehen hatten, brachte er Dienstmädchen, Telephon, Installateure, gemietete Betten. Es galt auch, Mieter zu finden. Chojnicki, Steskal, Halasz, Grünberger, Dworak, Szechenyi, Hallersberg, Lichtenthal, Strohhofer: Sie waren alle sozusagen obdachlos geworden. Ich brachte sie in unsere Pension.

Der einzige, der die Miete von vornherein bezahlte, war der Baron Hallersberg. Sohn eines bedeutenden Zuckerfabrikanten in Mähren, huldigte er dem in unserem Kreis durchaus fremden Luxus der Penibilität. Er borgte nicht, und er verlieh nichts. Tadellos gebürstet, gebügelt, akkurat lebte er zwischen uns, intim mit uns, geduldet von uns wegen seiner Sanftmut, seiner diskreten Manieren und seiner vollendeten Humorlosigkeit. „Unsere Fabrik hatte jetzt schwere Zeiten", konnte er zum Beispiel sagen. Und gleich darauf begann er, mit Bleistift und Papier die Sorgen seines Vaters zu berechnen. Er erwartete auch von uns, daß wir besorgte Gesichter machten, und wir erwiesen ihm den Gefallen. „Ich muß mich einschränken", pflegte er dann zu sagen.

Nun, in unserer Pension schränkte er sich auch ein. Er bezahlte prompt und alles im voraus. Er hatte Angst vor Schulden, Rechnungen – „es häuft sich an", liebte er zu sagen –, und uns alle schätzte er gering, weil wir es zuließen, daß es sich „anhäufe". Dennoch beneidete er uns gleichzeitig um diese Fähigkeit, sich es „anhäufen“ zu lassen. Am besten von uns allen konnte es Chojnicki. Ihn beneidete Hallersberg auch am meisten.

Zu meiner Überraschung war meine Mutter über diese unsere „Pension“ entzückt. Offenbar erheiterte es sie, daß Installateure in blauen Anzügen durch unsere Zimmer wimmelten, daß sie Glocken schrillen hörte und laute fröhliche Stimmen. Offenbar schien es ihr, daß sie ein neues Leben beginnen würde, von Anfang an, sozusagen ein Leben aufs neue. Mit munteren Schritten, mit einem heiteren Stock, ging sie durch die Zimmer, die drei Stockwerke unseres Hauses hinauf und hinunter. Ihre Stimme war laut und heiter. Ich hatte sie noch niemals so gesehen.

An den Abenden schlief sie manchmal in ihrem Lehnstuhl ein. Der Stock lag zu ihren Füßen wie ein treuer Hund. Aber die „Pension marschierte“ – wie Kiniower sagte.

XXX

In unserm Hause schlief ich nun, an der Seite meiner Frau. Es erwies sich bald, daß sie einen ausgeprägten Sinn für die sogenannte Häuslichkeit besaß. Sie war geradezu von Ordner- und Sauberkeitswahn besessen, wie viele Frauen. Mit dieser verhängnisvollen Neigung verwandt war auch ihre Eifersucht. Damals erfuhr ich zum erstenmal, warum die Frauen Häuser und Wohnungen mehr lieben als ihre Männer. Sie bereiten also, die Frauen, die Nester für die Nachkommenschaft zuerst. Sie spinnen mit unbewußter Tücke den Mann in ein nicht zu entwirrendes Netz von kleinen, täglichen Pflichten ein, denen er nicht mehr entrinnen wird. In unserm Hause schlief ich nun, an der Seite meiner Frau. Mein Haus war's. Meine Frau war sie.

Ja! Das Bett wird ein verschwiegenes Haus mitten im sichtbaren, offenen Hause, und die Frau, die uns darin erwartet, wird geliebt, einfach, weil sie da ist und vorhanden. Da ist sie und vorhanden, zu jeder Nachtzeit, wann immer man auch nach Hause kommt. Infolgedessen liebt man sie. Man liebt das Sichere. Man liebt insbesondere das Wartende, das Geduldige.

Wir hatten jetzt zehn Telephonapparate in unserm Haus und etwa ein Dutzend Klingeln. Ein halbes Dutzend Männer in blauen Blusen arbeitete an unseren Wasserleitungen. Für alle Installationen und für den Umbau unseres Hauses streckte der Doktor Kiniower das Geld vor. Für meine Mutter war er längst nicht mehr der Jude schlechthin. Er war zum „braven Menschen“ avanciert.

Im Herbst bekamen wir einen unerwarteten Besuch: Es war mein Vetter Joseph Branco. Er kam des Morgens, genauso, wie er zum erstenmal eingetroffen war, und so, als ob gar nichts in der Zwischenzeit geschehen wäre; als hätten wir keinen Weltkrieg überstanden; als wäre er nicht mit Manes Reisiger und mir in der Gefangenschaft, bei Baranovitsch und später im Lager gewesen; als wäre unser Land nicht zerfallen: so kam er an, mein Vetter, der Maronibrater, mit seinen Kastanien, mit seinem Maulesel, schwarz von Haaren und Schnurrbart, braun von Angesicht und dennoch goldig leuchtend wie eine Sonne, wie jedes Jahr und als ob nichts geschehen wäre, war Joseph Branco hierhergekommen, um seine gebratenen Kastanien zu verkaufen. Sein Sohn war gesund und munter. Er ging in Dubrovnik zur Schule. Die Schwester war glücklich verheiratet. Der Schwager war seltsamerweise nicht gefallen.

Sie hatten zwei Kinder, zwei Buben: Zwillinge; und beide hießen sie, der Einfachheit halber: Branco.

Und was mit Manes Reisiger geschehen sei, fragte ich. – „Ja, das ist eine schwere Sache“, antwortete mein Vetter Joseph Branco. „Er wartet unten, er wollte nicht mit heraufkommen.“

Ich lief hinunter, um ihn zu holen. Ich erkannte ihn nicht sofort: Er hatte einen eisgrauen, wilden Bart. Er sah so aus wie der Winter, dargestellt in primitiven Märchenbüchern. Warum er nicht sofort heraufgekommen sei, fragte ich ihn. „Seit einem Jahr schon, Herr Leutnant“, antwortete er, „wollte ich Sie besuchen. Ich war in Polen, in Zlotogrod. Ich wollte wieder der Fiaker Manes Reisiger werden. Aber, was ist die Welt, was ein Städtchen, was ein Mensch, was gar ein Fiaker gegen

Gott? Gott hat die Welt verwirrt, das Städtchen Zlotogrod hat er vernichtet. Krokus und Gänseblümchen wachsen dort, wo unsere Häuser gestanden haben, und meine Frau ist auch schon tot. Eine Granate hat sie zerrissen; wie andere Zlotogroder auch. Also bin ich nach Wien zurückgekommen. Hier ist wenigstens mein Sohn Ephraim."

Jawohl! Sein Sohn Ephraim! Ich erinnerte mich wohl an den Wunderknaben und wie ihn Chojnicki in die Musikakademie gebracht hatte.

„Was macht er jetzt?" fragte ich Manes, den Fiaker.

„Mein Ephraim ist ein Genie", antwortete der alte Fiaker. „Er spielt nicht mehr! Er hat es nicht nötig, sagt er. Er ist Kommunist. Redakteur der „Roten Fahne". Er schreibt prächtige Artikel. Hier sind sie."

Wir gingen in mein Zimmer. Der Fiaker Manes Reisiger hatte alle Artikel seines genialen Sohnes Ephraim in der Tasche, einen ansehnlichen Packen. Er verlangte von mir, daß ich sie ihm vorlese. Ich las einen nach dem andern mit lauter Stimme vor. Elisabeth kam aus dem Zimmer, später versammelten sich bei mir, wie gewöhnlich an jedem Nachmittag, auch unsere Pensionäre, meine Freunde. – „Ich darf eigentlich nicht in Wien bleiben", sagte Manes Reisiger. „Ich habe eine Ausweisung." – Sein Bart spreizte sich, sein Angesicht leuchtete. – „Mein Sohn Ephraim hat mir einen falschen Paß verschafft. Hier ist er." – Er zeigte dabei seinen falschen österreichischen Paß, strich sich mit den Fingern durch den Bart und sagte: „Illegal!" und blickte stolz in die Runde.

„Mein Sohn Ephraim", begann er wieder, „braucht nicht mehr zu spielen. Er wird Minister, wenn die Revolution kommt."

Er war so überzeugt, daß die Weltrevolution kommen würde, wie von der Tatsache, daß jede Woche im Kalender ein rotgedruckter Sonntag verzeichnet stand.

„In diesem Jahr sind die Kastanien schlecht geraten", sagte mein Vetter Joseph Branco. „Auch sind viele wurmig. Ich verkaufe jetzt gebratene Äpfel als Maroni."

„Wie seid ihr überhaupt herausgekommen?“ fragte ich.

„Gott hat geholfen!“ erwiderte der Fiaker Manes Reisiger. „Man hat das Glück gehabt, einen russischen Korporal zu töten. Joseph Branco hat ihm ein Bein gestellt und einen Stein auf den Kopf geschlagen. Dann zog ich mir seine Uniform an, nahm sein Gewehr und führte Joseph Branco bis nach Shmerinka. Und da war die Okkupationsarmee, Branco meldete sich sofort. Er hat auch noch kämpfen müssen. Ich bin bei einem guten Juden geblieben, in Zivil. Branco hat die Adresse gehabt. Und wie der Krieg aus war, ist er zu mir gekommen.“

„Prächtige Armee!“ rief Chojnicki, der eben ins Zimmer getreten war, um, wie jeden Tag, Kaffee mit mir zu trinken. – „Und was macht Ihr Sohn Ephraim, der Musiker?“

„Er braucht keine Musik mehr“, antwortete Manes Reisiger, der Fiaker, „er macht die Revolution.“

„Wir haben schon ein paar“, sagte Chojnicki. „Nicht, daß Sie glauben, ich hätte etwas dagegen! Aber die Revolutionen von heute haben einen Fehler: Sie gelingen nicht. Ihr Sohn Ephraim wäre vielleicht besser bei der Musik geblieben!“

„Man braucht jetzt ein Visum für jedes Land extra!“ sagte mein Vetter Joseph Branco. „Zeit meines Lebens hab' ich so was nicht gesehn. Jedes Jahr hab ich überall verkaufen können: in Böhmen, Mähren, Schlesien, Galizien“ – und er zählte alle alten, verlorenen Kronländer auf. „Und jetzt ist alles verboten. Und dabei hab' ich einen Paß. Mit Photographie.“ Er zog seinen Paß aus der Rocktasche und hielt ihn hoch und zeigte ihn der ganzen Runde.

„Dies ist nur ein Maronibrater“, sagte Chojnicki, „aber sehn Sie her: es ist ein geradezu symbolischer Beruf. Symbolisch für die alte Monarchie. Dieser Herr hat seine Kastanien überall verkauft, in der halben europäischen Welt, kann man sagen. Überall, wo immer man seine gebratenen Maroni gegessen hat, war Österreich, regierte Franz Joseph. Jetzt gibt's keine Maroni mehr ohne Visum. Welch eine Welt! Ich pfeif auf eure Pension. Ich gehe nach Steinhof, zu meinem Bruder!“

Meine Mutter kam, man hörte ihren harten Stock schon auf der Treppe. Sie hielt es für schicklich, jeden Nachmittag pünktlich um fünf Uhr in unserem Zimmer zu erscheinen. Bis jetzt hatte kein einziger unserer Pensionäre etwas gezahlt. Einmal hatte Chojnicki, ein zweitesmal hatte Szechenyi einen schüchternen Versuch gemacht, ihre Rechnungen zu verlangen. Meine Mutter hatte ihnen darauf gesagt, daß der Hausmeister die Rechnungen mache. Aber es stimmte nicht. Es war eigentlich die Aufgabe Elisabeths. Sie nahm Geld von dem und jenem entgegen, wie es sich traf, und sie bestritt unsere Auslagen, wie es sich traf. Die Klingeln schrillten den ganzen Tag. Wir hatten nunmehr zwei Mädchen. Sie liefen wie die Wiesel drei Stockwerke auf und ab. Ringsum im ganzen Viertel hatten wir Kredit.

Meine Mutter freute sich über die Klingeln, die sie noch vernehmen konnte, den Lärm, den unsere Gäste veranstalteten, und den Kredit, den ihr Haus genoß. Sie wußte nicht, die arme, alte Frau, daß es gar nicht mehr ihr Haus war. Sie glaubte immer noch, es sei das ihrige, weil es in unserem Zimmer still wurde, wenn sie herunterkam, mit ihren weißen Haaren und ihrem schwarzen Stock. Heute erkannte sie Joseph Branco, und sie begrüßte auch Manes Reisiger. Sie war überhaupt, seitdem wir die Pension eröffnet hatten, leutselig geworden. Sie hätte auch Wildfremde willkommen geheißen. Sie wurde nur immer schwerhöriger, und es schien, als vernichtete langsam das Gebrechen ihren Verstand, und zwar nicht etwa deshalb, weil das Gebrechen sie quälte, sondern deshalb, weil sie so tat, als störe es sie nicht, und weil sie es verleugnete.

XXXI

Im April des folgenden Jahres bekam Elisabeth ein Kind. Sie brachte es nicht in der Klinik zur Welt. Meine Mutter verlangte, forderte, befahl, daß sie zu Hause gebäre.

Ich hatte das Kind gezeugt, verlangt, gefordert, befohlen. Elisabeth hatte es gewünscht. Ich liebte damals Elisabeth, und also war ich eifersüchtig. Ich konnte – so bildete ich mir damals ein – die Frau Professor Jolanth Szatmary aus der Erinnerung Elisabeths nicht anders verdrängen oder auslöschen als dadurch, daß ich ein Kind zeugte: das sichtliche Zeugnis meiner Übermacht. Vergessen und ausgelöscht war die Frau Professor Jolanth Szatmary. Aber auch ich, der alte Trotta, war halb vergessen und halb ausgelöscht.

Ich war nicht der Trotta mehr, ich war der Vater meines Sohnes. In der Taufe nannte ich ihn Franz Joseph Eugen.

Ich darf sagen, daß ich mich vollends verändert habe seit der Stunde, in der mein Sohn geboren wurde. Chojnicki und alle Freunde, die in unserer Pension wohnten, erwarteten mich in meinem Zimmer im Parterre so aufgeregt, als wären sie selbst im Begriffe gewesen, Väter zu werden. Um vier Uhr morgens kam das Kind zur Welt. Meine Mutter kündigte es mir an.

Es war mein Sohn, ein blutrotes, häßliches Lebewesen, mit viel zu großem Kopf und Gliedmaßen, die an Flossen erinnerten. Dieses Lebewesen schrie ohne Unterlaß. Im Nu gewann ich es lieb, dieses Lebewesen, meinen Lenden entsprossen, und sogar des billigen Stolzes konnte ich mich nicht erwehren, daß ich einen Sohn und keine Tochter gezeugt hatte. Ja, ich beugte mich, um besser zu sehen, über sein winziges Geschlecht, das aussah wie ein geringer roter Beistrich. Kein Zweifel: es war mein Sohn. Kein Zweifel: ich war sein Vater.

Viele Millionen und Milliarden von Vätern hat es gegeben, seitdem die Welt besteht. Ich war einer unter den Milliarden. Aber in dem Augenblick, in dem ich meinen Sohn in die Arme nehmen durfte, erlebte ich einen fernen Abglanz jener unbegreiflich erhabenen Seligkeit, die den Schöpfer der Welt am sechsten Tag erfüllt haben mochte, als Er sein unvollkommenes Werk dennoch vollendet sah. Während ich das winzige, schreiende, häßliche und blutrote Ding in meinen Armen hielt, fühlte ich deutlich, welch eine Veränderung in mir vorging. So klein, so häßlich, so rötlich das Ding in meinen Armen auch war: von ihm strömte eine unsagbare Kraft aus. Es war mehr: es war, als hätte sich in diesem weichen, warmen Körperchen all meine Kraft aufgespeichert und als hielte ich mich selbst in den Händen und das Beste meiner selbst.

Die Mütterlichkeit der Frauen ist ohne Grenzen. Meine Mutter nahm ihren eben angekommenen Enkel so auf, als hätte sie ihn selbst ausgetragen, und auf Elisabeth übertrug sie den Rest ihrer Liebesfähigkeit, der ihr noch verblieben war. Erst da sie einen Sohn von mir, von meinen Lenden bekommen hatte, war sie ihre Tochter geworden. In Wirklichkeit war Elisabeth niemals mehr als die Mutter ihres Enkels. Es war, als ob sie nur diesen Enkel abgewartet hätte, um sich zum Sterben bereitzumachen. Sie begann zu sterben, darf ich wohl sagen, langsam, wie die Zeit ihres Lebens gewesen war. Eines Nachmittags erschien sie nicht mehr in unserm Zimmer im Parterre. Eines unserer beiden Dienstmädchen berichtete, meine Mutter hätte Kopfweh. Es war kein Kopfweh: Meine Mutter hatte der Schlag getroffen. Sie war rechtsseitig gelähmt.

Also blieb sie, jahrelang, uns allen eine geliebte, treu behütete Last. Dennoch freute ich mich noch jeden Tag, wenn ich sie des Morgens am Leben traf. Es war eine alte Frau, wie leicht konnte sie sterben!

Meinen Sohn, ihren Enkel, brachte man ihr jeden Tag. Sie lallte nur: „Kleiner“. Sie war rechtsseitig gelähmt.

XXXII

Eine treu behütete, geliebte Last war mir meine Mutter. Ich hatte mein Lebtag niemals eine Neigung für irgendeinen Beruf gefühlt, jetzt hatte ich endlich zwei Berufe: Ich war ein Sohn, und ich war ein Vater. Stundenlang saß ich neben meiner Mutter. Wir mußten einen Krankenwärter aufnehmen, die alte Frau war schwer von Gewicht. Man mußte sie jeden Tag ins Zimmer tragen, zum Tisch. Sie hinzusetzen bedeutete schon Arbeit. Manchmal verlangte sie auch von mir, durch die Zimmer gerollt zu werden. Sie wollte sehen und hören. Seitdem sie krank war, schien es ihr, daß sie vieles, daß sie alles versäumte. Ihr rechtes Auge war halb geschlossen. Wenn sie den Mund auftat, war es, als trüge sie eine eiserne

Klammer um die rechte Lippenhälfte. Sie konnte übrigens nur einzelne Worte hervorbringen, zumeist Hauptwörter. Manchmal sah es fast so aus, als hütete sie eifersüchtig ihren Wortschatz.

Sobald ich meine Mutter verlassen hatte, ging ich in das Zimmer meines Sohnes. Elisabeth, in den ersten Monaten eine hingebungsvolle Mutter, entfernte sich allmählich von unserem Sohn. Franz Joseph Eugen hatte ich ihn getauft, für mich und Elisabeth nannte ich ihn Geni. Elisabeth begann mit der Zeit, oft und ohne Grund das Haus zu verlassen. Ich wußte nicht, wohin sie ging – und ich fragte sie auch nicht danach. Sie ging, mochte sie gehen! Ich fühlte mich sogar wohl, wenn ich allein, ohne sie, mit meinem Buben blieb. – „Geni!" rief ich – und sein rundes braunes Gesicht leuchtete. Ich wurde immer eifersüchtiger. Es genügte mir keineswegs, daß ich ihn gezeugt hatte, am liebsten hätte ich gewünscht, ich hätte ihn auch ausgetragen und geboren. Er kroch durch das Zimmer, flink wie ein Wiesel. Schon war er ein Mensch – und noch ein Tier und noch ein Engel. Ich sah jeden Tag, ja jede Stunde, wie er sich veränderte. Seine braunen Löckchen wurden dichter, der Glanz seiner großen hellgrauen Augen stärker, die Wimpern reicher und schwärzer, die Händchen selbst bekamen ihre eigenen Gesichter, die Fingerchen wurden schlank und kräftig. Die Lippen bewegten sich immer eifriger, und immer eiliger lallte das Zünglein und immer verständlicher. Ich sah die ersten Zähnchen sprießen, ich vernahm Genis erstes wissendes Lachen, ich war dabei, wie er zum erstenmal zu laufen anfing, dem Fenster, dem Licht, der Sonne entgegen, mit einem plötzlichen Elan, wie in einer jähen Erleuchtung; es war eher eine zwingende Idee als ein physiologischer Akt. Gott selbst hatte ihm die Idee geschenkt, daß der Mensch aufrecht gehen könne. Und siehe da: mein Bub ging aufrecht.

Ich wußte lange Zeit nicht, wo Elisabeth Stunden und manchmal Tage verbrachte. Sie sprach oft von einer Freundin, einer Schneiderin, einem Bridgeklub. Unsere Pensionäre zahlten spärlich und selten, mit Ausnahme Hallersbergs. Wenn Chojnicki durch irgendeinen Zufall Geld aus Polen bekam, bezahlte er die Miete sofort für drei, vier Pensionäre. Unser Kredit im Viertel war unbeschränkt. Ich verstand nichts von den

Rechnungen, Elisabeth behauptete, daß sie die Bücher führte. Aber eines Tages, während ihrer Abwesenheit, kamen der Fleischer, der Bäcker, der Kaffeehändler, Gläubiger, die Geld von mir verlangten. Ich hatte nur mein Taschengeld, Elisabeth pflegte mir jeden Tag, bevor sie das Haus verließ, ein paar harte Münzen zurückzulassen. Manchmal sahen wir uns tagelang nicht. Ich ging mit unseren Freunden ins Café Wimmerl. Zu Chojnickis Pflichten gehörte es, die Zeitungen zu lesen, Referate über die Politik zu halten. Jeden Sonntag fuhr er nach Steinhof, seinen verrückten Bruder zu besuchen. Er sprach mit ihm über Politik. Er berichtete uns: „Privat ist mein armer Bruder komplett verrückt", sagte Chojnicki. – „Was die Politik betrifft, gibt es keinen zweiten, der so gescheit wäre wie er. Heute zum Beispiel hat er mir gesagt: „Österreich ist kein Staat, keine Heimat, keine Nation. Es ist eine Religion. Die Klerikalen und klerikalen Trottel, die jetzt regieren, machen eine sogenannte Nation aus uns; aus uns, die wir eine Übernation sind, die einzige Übernation, die in der Welt existiert hat. Mein Bruder", sagte mein Bruder zu mir, und er legte mir die Hand auf die Schulter, „wir sind Polen, höre ich. Wir waren es immer. Warum sollten wir nicht? Und wir sind Österreicher: Warum wollten wir keine sein? Aber es gibt eine spezielle Trottelei der Ideologen. Die Sozialdemokraten haben verkündet, daß Österreich ein Bestandteil der deutschen Republik sei; wie sie überhaupt die widerwärtigen Entdecker der sogenannten Nationalitäten sind. Die christlichen Alpentrottel folgen den Sozialdemokraten. Auf den Bergen wohnt die Dummheit, sage ich, Josef Chojnicki."

Und zu glauben", berichtete Chojnickis Bruder weiter, „daß dieser Mann verrückt ist! Ich bin überzeugt: er ist es gar nicht. Ohne den Untergang der Monarchie wäre er gar nicht verrückt geworden!" So schloß er seinen Bericht.

Wir schwiegen nach derlei Reden. Über unserem Tisch lagerte eine schwüle Stille, sie kam gar nicht aus unserm Innern, sie kam von oben her. Wir beweinten nicht, wir verschwiegen sozusagen unser verlorenes Vaterland. Manchmal begannen wir plötzlich, ohne Verabredung, alte

Militärlieder zu singen. Lebendig waren wir und leibhaft vorhanden. Aber Tote waren wir in Wirklichkeit.

Eines Tages begleitete ich Chojnicki nach Steinhof zu dem allwöchentlichen Besuch bei seinem Bruder. Der verrückte Chojnicki ging im Hof spazieren, er lebte in der geschlossenen Abteilung, obwohl er keinerlei Neigung zu irgendeiner Gewaltsamkeit zeigte. Er kannte seinen Bruder nicht. Als ich aber meinen Namen Trotta nannte, war er sofort klar. – „Trotta“, sagte er. „Sein Vater war vor einer Woche hier. Der alte Bezirkshauptmann Trotta. Mein Freund, der Leutnant Trotta, ist bei Krasne-Busk gefallen. Ich liebe euch alle! Alle, alle Trottas.“ Und er umarmte mich.

„Meine Residenz ist Steinhof“, fuhr er fort. „Von nun ab, seitdem ich hier wohne, ist es die Haupt- und Residenzstadt von Österreich. Ich bewahre hier die Krone. Ich bin dazu ermächtigt. Mein Onkel Ledochowski pflegte zu sagen: „Dieser kleine Josef wird ein großer Mann.“ Jetzt bin ich es. Er hat recht behalten.“

Chojnicki begann jetzt, unverständliches Zeug zu reden. Er verlangte seinen Strumpf. Er strickte, seitdem er im Irrenhaus war, mit unermüdlichem Eifer. „Ich stricke die Monarchie“, sagte er von Zeit zu Zeit. Als ich den Versuch machte, mich von ihm zu verabschieden, sagte er: „Ich habe nicht die Ehre, Sie zu kennen.“ – „Ich heiße Trotta“, sagte ich. – „Trotta“, erwiderte er, „war der Held von Solferino. Er hat dem Kaiser Franz Joseph das Leben gerettet. Der Trotta ist schon lange tot. Mir scheint, Sie sind ein Schwindler.“ An dem gleichen Tage erfuhr ich auch, weshalb meine Frau so lange und so oft vom Hause wegblieb, warum sie unser Kind allein ließ und meine arme gelähmte Mutter. Als ich nämlich nach Hause kam, traf ich dort die beiden einzigen Menschen, die ich wirklich haßte: die Frau Professor Jolanth Szatmary und den Herrn Kurt von Stettenheim.

Es stellte sich heraus, daß sie schon seit Wochen wieder in Wien waren. Es stellte sich heraus, daß sie das Kunstgewerbe aufgegeben hatten. Sie waren nunmehr ganz dem Film hingegeben; Alexander Rabinowitsch –

„der bekannte Rabinowitsch, Sie kennen ihn nicht?“ –, erzählte der Herr von Stettenheim, hatte eine „Firma“ in Wien gegründet; wieder einmal eine Firma! Es stellte sich heraus, daß Elisabeth absolut keine Mutter bleiben wollte: sie wollte unbedingt eine Schauspielerin werden. Der Film rief sie, und sie fühlte sich zum Film berufen. Eines Tages verschwand sie auch, und sie hinterließ mir den folgenden Brief:

> „Mein lieber Mann, Deine Mutter haßt mich, und Du liebst mich nicht. Ich fühle mich berufen. Ich folge Jolanth und Stettenheim. Verzeih mir. Der Ruf der Kunst ist mächtig. – Elisabeth“

Diesen Brief zeigte ich meiner gelähmten Mutter. Sie las ihn zweimal. Dann nahm sie meinen Kopf mit ihrer noch gesunden linken Hand und sagte: „Bub! – B-b-bub!“ sagte sie. Es war, als gratulierte sie mir und als bedauerte sie mich gleichzeitig.

Wer weiß, wieviel Kluges sie gesagt hätte, wenn sie nicht gelähmt gewesen wäre.

Mein Kind hatte keine Mutter mehr. Die Mutter meines Kindes war in Hollywood, eine Schauspielerin. Die Großmutter meines Sohnes war eine gelähmte Frau.

Sie starb im Februar.

XXXIII

In den ersten Tagen des Monats Februar starb meine Mutter. Sie starb so, wie sie gelebt hatte: nobel und still. Dem Priester, der gekommen war, um ihr die letzte Ölung zu geben, sagte sie: „Machen Sie schnell, Hochwürden! Der liebe Gott hat nicht so viel Zeit, wie die Kirche sich zuweilen einbildet.“ Der Priester machte es in der Tat sehr schnell. Dann ließ meine Mutter mich kommen. Sie lallte nicht mehr. Sie sprach geläufig wie in alten Zeiten, als wäre ihre Zunge niemals gelähmt gewesen. – „Wenn du jemals Elisabeth wiedersiehst“, so sagte sie zu mir, „aber ich glaube, es wird nicht passieren, so sage ihr, daß ich sie niemals habe leiden mögen. Ich sterbe, aber ich halte nichts von jenen frommen Menschen, die im Sterben lügen und edelmütig werden. Jetzt bring mir deinen Sohn, damit ich ihn noch einmal sehe." Ich ging hinunter, ich brachte meinen Sohn, groß und ziemlich schwer war er schon, ich freute mich über sein Gewicht, wie ich ihn so die Stufen hinauftrug. Meine Mutter umarmte, küßte ihn und gab ihn mir zurück.

„Schick ihn weg", sagte sie, „weit fort! Hier soll er nicht aufwachsen. Geh weg!" fügte sie hinzu, „ich will allein sterben." Sie starb noch in der gleichen Nacht, es war die Nacht der Revolution. Die Schüsse knallten durch die nächtliche Stadt, und Chojnicki erzählte uns beim Abendessen, daß die Regierung auf die Arbeiter schieße. – „Dieser Dollfuß", so sagte Chojnicki, „will das Proletariat umbringen. Gott strafe mich nicht: ich kann ihn nicht leiden. Es liegt in seiner Natur, sich selbst zu begraben. Das hat die Welt noch nicht gesehen!..." Als meine Mutter begraben wurde, am Zentralfriedhof, zweites Tor, schoß man immer noch in der Stadt. Alle meine Freunde, das heißt alle unsere Pensionäre, begleiteten meine Mutter und mich. Es hagelte, genauso wie in jener Nacht, in der ich heimgekehrt war. Es war der gleiche böse, körnige Regen.

Wir begruben meine Mutter um zehn Uhr vormittags.

Als wir aus dem zweiten Tor des Zentralfriedhofs hinaustraten, erblickte ich Manes Reisiger. Hinter einem Sarg schritt er einher, und ohne ihn zu fragen, gesellte ich mich zu ihm. Zum dritten Tor führte man den Sarg, in die israelitische Abteilung.

Ich stand vor dem offenen Grabe. Nachdem der Rabbiner sein Gebet gesprochen hatte, trat Manes Reisiger vor und sagte: „Gott hat ihn gegeben, Gott hat ihn genommen, gelobt sei Sein Name in Ewigkeit. Der Minister hat Blut vergossen, und auch sein Blut wird vergossen werden. Fließen wird es wie ein reißender Strom." – Man versuchte, Manes Reisiger zurückzuhalten, aber er fuhr fort, mit starker Stimme: „Wer tötet", so sagte er „wird getötet. Gott ist groß und gerecht." –

Hierauf brach er zusammen. Wir führten ihn abseits, indes sein begabter Sohn Ephraim begraben wurde. Er war ein Rebell, er hatte geschossen und war getötet worden.

Joseph Branco kam noch von Zeit zu Zeit in unser Haus. Er hatte kein anderes Interesse mehr als seine Maroni. Sie waren faul in diesem Jahr, wurmig, und er, Joseph Branco, konnte nur noch gebratene Apfel verkaufen.

Ich verkaufte das Haus. Ich behielt nur noch die Pension.

Es war, als hätte der Tod meiner Mutter alle meine Freunde aus unserem Haus vertrieben. Sie zogen fort, einer nach dem anderen. Wir trafen uns nur noch im Café Wimmerl.

Mein Sohn allein lebte noch für mich. „Wer tötet", sagte Manes Reisiger, „wird getötet."

Ich kümmerte mich nicht mehr um die Welt. Meinen Sohn schickte ich zu meinem Freund Laveraville nach Paris.

Allein blieb ich, allein, allein, allein.

Ich ging in die Kapuzinergruft.

XXXIV

Auch am Freitag erwartete ich sehnsüchtig meinen geliebten Abend, in dem allein ich mich zu Hause fühlte, seitdem ich kein Haus und kein Heim mehr hatte. Ich wartete wohl, wie gewohnt, in seine Obhut einzugehen, die gütiger war bei uns in Wien als die Stille der Nächte, nach dem Schluß der Kaffeehäuser, sobald die Laternen trist wurden, matt von dem unnützen Leuchten. Sie sehnten sich nach dem säumigen Morgen und ihrem eigenen Erlöschen. Ja, müde waren sie immer, übernächtige Lampen, sie wollten den Morgen haben, um einschlafen zu können.

Ach, ich erinnerte mich oft daran, wie sie die Nächte meiner Jugend durchsilbert hatten, die freundlichen Töchter und Söhne des Himmels, Sonnen und Sterne, freiwillig herabgeschwebt, um die Stadt Wien zu beleuchten. Die Röcke der Mädchen vom Strich in der Kärntner Straße reichten noch bis zu den Knöcheln. Wenn es regnete, rafften diese süßen Geschöpfe die Kleider hoch, und ich sah ihre aufregenden Knöpfelschuhe. Dann trat ich bei Sacher ein, meinen Freund Sternberg zu sehen. In der Loge saß er, immer in der gleichen, und der letzte Gast war er. Ich holte ihn ab. Wir hätten eigentlich zusammen nach Hause gehen sollen, aber jung waren wir, und auch die Nacht war jung (wenn auch schon fortgeschritten), und die Straßenmädchen waren jung, insbesondere die ältlichen, und jung waren die Laternen ...

Wir gingen also gleichsam durch unsere eigene Jugend und die jugendliche Nacht. Die Häuser, in denen wir wohnten, erschienen uns wie Grüfte oder bestenfalls Asyle. Die nächtlichen Polizisten salutierten uns, Graf Sternberg gab ihnen Zigaretten. Oft patrouillierten wir mit den Wachleuten durch die leere und bleiche Straßenmitte, und manchmal ging eines jener süßen Geschöpfe mit uns und hatte einen ganz anderen Schritt als sonst auf dem gewohnten Trottoir. Damals waren die Laternen seltener und auch bescheidener, aber weil sie jung waren, leuchteten sie stärker, und manche wiegten sich heiter im Winde...

Später, seitdem ich aus dem Kriege heimgekehrt war, nicht nur gealtert, sondern auch vergreist, waren die Wiener Nächte verrunzelt und verwelkt, ältlichen, dunklen Frauen gleich, und der Abend ging nicht in sie ein wie früher, sondern er wich ihnen aus, erblaßte und entschwand, ehe sie noch angerückt kamen. Man mußte diese Abende, die hurtigen und beinahe furchtsamen, sozusagen fassen, bevor sie zu verschwinden im Begriffe waren, und ich erreichte sie am liebsten in den Parks, im Volksgarten oder im Prater und ihren letzten, süßesten Rest noch in einem Café, in das sie einzusickern pflegten, zart und gelinde, wie ein Geruch.

Auch an diesem Abend also ging ich ins Café Lindhammer, und ich tat so, als wäre ich keineswegs aufgeregt wie die anderen. Sah ich mich doch seit langem schon, seit der Heimkehr aus dem Krieg, als einen zu Unrecht Lebenden an! Hatte ich mich doch längst schon daran gewöhnt, alle Ereignisse, die von den Zeitungen „historische“ genannt werden, mit dem gerechten Blick eines nicht mehr zu dieser Welt Gehörenden zu betrachten! Ich war lange schon ein vom Tode auf unbeschränkte Zeit Beurlaubter! Und er, der Tod, konnte jede Sekunde meinen Urlaub unterbrechen. Was gingen mich noch die Dinge dieser Welt an?...

Dennoch bekümmerten sie mich, und besonders an jenem Freitag. Es war, als ginge es darum, ob ich, ein vom Leben Pensionierter, meine Pension in Ruhe weiterverzehren sollte, wie bis jetzt, in einer verbitterten Ruhe; oder ob mir auch noch die genommen würde, diese arme, verbitterte Ruhe, man könnte sagen: der Verzicht, den ich mir angewöhnt hatte, eine Ruhe zu nennen. Dermaßen, daß oft in den letzten Jahren, wenn dieser oder jener meiner Freunde zu mir kam, um mir zu sagen, jetzt sei endlich die Stunde da, in der ich mich um die Geschichte des Landes zu kümmern hätte, ich zwar den üblichen Satz sagte: „Ich will meine Ruh' haben!" – aber genau wußte, daß ich eigentlich hätte sagen sollen: „Ich will meinen Verzicht haben!" Meinen lieben Verzicht! Auch der ist nun dahin! Nachgefolgt ist er meinen unerfüllt gebliebenen Wünschen...

Ich setzte mich also ins Café, und während meine Freunde an meinem Tisch immer noch von ihren privaten Angelegenheiten sprachen, empfand ich, der ich durch ein ebenso unerbittliches wie gnädiges Schicksal jede Möglichkeit eines privaten Interesses ausgeschaltet sah, nur noch das allgemeine, das mich zeit meines Lebens so wenig anging und dem ich zeit meines Lebens auszuweichen pflegte ...

Ich hatte schon wochenlang keine Zeitungen mehr gelesen, und die Reden meiner Freunde, die von den Zeitungen zu leben, ja geradezu von Nachrichten und Gerüchten am Leben erhalten zu sein schienen, rauschten ohne jede Wirkung an meinem Ohr vorbei, wie die Wellen der Donau, wenn ich manchmal am Franz-Josephs-Kai saß oder auf der Elisabeth-Promenade. Ich war ausgeschaltet; ausgeschaltet war ich. Ausgeschaltet unter den Lebendigen bedeutet so etwas Ähnliches wie exterritorial. Ein Exterritorialer war ich eben unter den Lebenden. Und auch die Aufregung meiner Freunde, selbst an diesem Freitag abend, schien mir überflüssig; bis zu jener Sekunde, da die Tür des Cafés aufgerissen wurde und ein seltsam bekleideter junger Mann an der Schwelle erschien. Er trug nämlich schwarze Ledergamaschen, ein weißes Hemd und eine Art von Militärmütze, die mich gleichzeitig an eine Bettschüssel und an eine Karikatur unserer alten österreichischen Kappen erinnerte; kurz und gut: nicht einmal an eine preußische Kopfbedeckung. (Denn die Preußen tragen auf ihren Köpfen keine Hüte und keine Kappen, sondern Bedeckungen.) Ich war, ferne der Welt und der Hölle, die sie für mich darstellte, keineswegs geeignet, die neuen Mützen und Uniformen zu unterscheiden, geschweige denn, sie zu erkennen. Es mochte weiße, blaue, grüne und rote Hemden geben; Hosen, schwarz, braun, grün, blau lackiert; Stiefel und Sporen, Leder und Riemen und Gürtel und Dolche in Scheiden jeder Art: Ich jedenfalls, ich hatte für mich beschlossen, seit langem schon, seit der Heimkehr aus dem Kriege schon, sie nicht zu unterscheiden und sie nicht zu erkennen. Daher also war ich zuerst mehr als meine Freunde über die Erscheinung dieser Gestalt überrascht, die, wie aus der im Souterrain gelegenen Toilette emporgestiegen, dennoch aber durch die Straßentür hereingekommen war. Ein paar Augenblicke lang hatte ich tatsächlich geglaubt, die mir wohlbekannte, im Souterrain gelegene Toilette läge plötzlich draußen, und einer der Männer, die sie bedienten, wäre eingetreten, um uns zu verkünden, daß alle Plätze bereits besetzt seien. Aber der Mann sagte: „Volksgenossen! Die Regierung ist gestürzt. Eine neue deutsche Volksregierung ist vorhanden!" Seitdem ich aus dem Weltkrieg heimgekehrt war, in ein verrunzeltes Vaterland heimgekehrt war, hatte ich niemals den Glauben an eine Regierung aufgebracht; geschweige denn: an eine Volksregierung. Ich gehöre heute noch – kurz vor meiner wahrscheinlich letzten Stunde darf ich, ein Mensch, die Wahrheit sagen – einer offenbar versunkenen Welt an, in der es selbstverständlich schien, daß ein Volk regiert werde und daß es also, wollte es nicht aufhören, Volk zu sein, sich nicht selber regieren könne. In meinen tauben Ohren – ich hatte oft gehört, daß sie „reaktionär" geheißen werden – klang es so, als hätte mir eine geliebte Frau gesagt, sie brauchte mich keineswegs, sie könnte mit sich selbst schlafen und müßte es sogar, und zwar einzig zu dem Zweck, um ein Kind zu bekommen.

Insbesondere deshalb überraschte mich der Schrecken, der bei der Ankunft des seltsam gestiefelten Mannes und seiner seltsamen Verkündung alle meine Freunde ergriff. Wir hatten, alle zusammen, kaum drei Tische eingenommen. Einen Augenblick später blieb ich, nein, fand ich mich allein. Ich fand mich tatsächlich allein, und es war mir einen Augenblick so, als ob ich mich tatsächlich lange selbst gesucht und mich selbst überraschend allein gefunden hätte. Alle meine Freunde standen nämlich von ihren Sitzen auf, und statt, wie es zwischen uns seit Jahren üblich gewesen war, mir vorher „Gute Nacht!“ zu sagen, riefen sie: „Ober, zahlen!“ Aber da unser Ober Franz nicht kam, riefen sie dem jüdischen Cafétier Adolf Feldmann zu: „Wir zahlen morgen!“ – und sie gingen, ohne mich noch einmal anzusehen.

Immer noch glaubte ich, sie kämen wirklich morgen, um zu zahlen, und der Ober Franz sei im Augenblick in der Küche oder sonst irgendwo aufgehalten und einfach deshalb nicht so prompt wie gewöhnlich erschienen. Nach zehn Minuten aber kam der Cafétier Adolf Feldmann hinter seiner Theke hervor, im Überrock und einen steifen Hut auf dem Kopf, und sagte mir: „Herr Baron, wir nehmen Abschied für immer. Wenn wir uns einmal irgendwo in der Welt wiedersehen sollten, werden wir einander erkennen. Morgen kommen Sie bestimmt nicht mehr her. Wegen der neuen deutschen Volksregierung nämlich. Gehen Sie heim, oder gedenken Sie hier sitzen zu bleiben?“

„Ich bleibe hier, wie alle Nächte“, antwortete ich.

„Dann leben Sie wohl, Herr Baron! Ich lösche die Lampen aus! Hier sind zwei Kerzen!“

Und damit zündete er zwei bleiche Kerzen an, und ehe ich mir noch von meinem Eindruck, er hätte mir Totenkerzen angezündet, eine Rechenschaft geben konnte, waren alle Lichter im Café erloschen, und blaß, mit einem schwarzen, steifen Hut auf dem Kopf, ein Totengräber eher als der joviale, silberbärtige Jude Adolf Feldmann, übergab er mir ein wuchtiges Hakenkreuz aus Blei und sagte:

„Für alle Fälle, Herr Baron! Bleiben Sie ruhig bei Ihrem Schnaps! Ich lasse den Rollbalken zu. Und wenn Sie gehen wollen, können Sie ihn von innen aufmachen. Die Stange steht rechts neben der Tür."

„Ich möchte zahlen", sagte ich.

„Dafür ist heute keine Zeit!" erwiderte er.

Und schon war er verschwunden, und schon hörte ich vor der Tür den Rollbalken niederrollen.

Ich fand mich also allein am Tisch, vor den zwei Kerzen. Sie klebten am falschen Marmor, und sie erinnerten mich an eine Art weißer, aufrechter, angezündeter Würmer. Ich erwartete jeden Augenblick, daß sie sich bögen, wie es Würmern eigentlich geziemt.

Da es mir unheimlich zu werden begann, rief ich: „Franz, zahlen!" wie sonst an jedem Abend.

Aber nicht der Ober Franz kam, sondern der Wachhund, der ebenfalls Franz hieß und den ich eigentlich nie hatte leiden mögen. Er war von sandgelber Farbe und hatte triefende Augen und einen schleimigen Mund. Ich liebe Tiere nicht und noch weniger jene Menschen, die Tiere lieben. Es schien mir mein Lebtag, daß die Menschen, die Tiere lieben, einen Teil der Liebe den Menschen entziehen, und besonders gerechtfertigt erschien mir meine Anschauung, als ich zufällig erfuhr, daß die Deutschen aus dem Dritten Reich Wolfshunde lieben, die deutschen Schäferhunde. „Arme Schafe!" sagte ich mir da.

Nun aber kam der Hund Franz zu mir. Obwohl ich sein Feind war, rieb er sein Gesicht an meinem Knie und bat mich gleichsam um Pardon. Und die Kerzen brannten, die Totenkerzen, meine Totenkerzen! Und von der Peterskirche kamen keine Glocken. Und ich habe nie eine Uhr bei mir, und ich wußte nicht, wie spät es war.

„Franz, zahlen!" sagte ich zum Hund, und er stieg auf meinen Schoß.

Ich nahm ein Stückchen Zucker und reichte es ihm.

Er nahm es nicht. Er winselte nur. Und hierauf leckte er mir die Hand, der er das Geschenk nicht abgenommen hatte.

Jetzt blies ich eine Kerze aus. Die andere löste ich vom falschen Marmor los und ging zur Tür und stieß mit der Stange den Rollbalken von innen auf.

Eigentlich wollte ich dem Hund entgehen und seiner Liebe. Als ich auf die Straße trat, die Stange in der Hand, um den Rollbalken wieder hinunterzuziehen, sah ich, daß mich der Hund Franz nicht verlassen hatte. Er folgte mir. Er konnte nicht bleiben. Es war ein alter Hund. Mindestens zehn Jahre hatte er dem Café Lindhammer gedient, wie ich dem Kaiser Franz Joseph; und jetzt konnte er nicht mehr. Jetzt konnten wir beide nicht mehr. „Zahlen, Franz!" sagte ich zu dem Hund. Er erwiderte mir mit einem Winseln.

Der Morgen graute über den wildfremden Kreuzen. Ein leiser Wind ging und schaukelte die greisen Laternen, die noch nicht, in dieser Nacht nicht, erloschen waren. Ich ging durch leere Straßen, mit einem fremden Hund. Er war entschlossen, mir zu folgen. Wohin? – Ich wußte es ebensowenig wie er.

Die Kapuzinergruft, wo meine Kaiser liegen, begraben in steinernen Särgen, war geschlossen. Der Bruder Kapuziner kam mir entgegen und fragte: „Was wünschen Sie?"

„Ich will den Sarg meines Kaisers Franz Joseph besuchen", erwiderte ich.

„Gott segne Sie!" sagte der Bruder, und er schlug das Kreuz über mich.

„Gott erhalte ...!" rief ich.

„Pst!" sagte der Bruder.

Wohin soll ich, ich jetzt, ein Trotta? ...